U0093587

愛是來自地獄的狗

（著）查爾斯·布考斯基

（譯）陳榮彬

詩集：1974-1977

獻給

卡爾・魏斯納

查爾斯‧布考斯基

Charles Bukowski（1920.8.16-1994.3.9）

美國當代最偉大寫實小說家，也是各界公認最具影
響力、最常被模仿的詩人。出生於德國小鎮安德納
赫（Andernach），父親是美國大兵，母親為德國人，
三歲時隨父母回美國洛杉磯定居。

一九四一年於洛杉磯城市學院（Los Angeles City College）肄業，此後長達十年過著浪蕩、窮苦的生活，並因身心檢測不符合標準，未於二次大戰服兵役，他走遍美國，在無數廉價旅館寫作，四處打零工，嗜菸、酗酒嗑藥、沉迷賽馬與性愛。三十二歲時找到郵局的全職工作，三年後因嚴重胃潰瘍短暫離職，休養期間開始大量寫詩，不久後復職便待上十五年。五十歲時正式以寫作維生，完成第一本小說《郵局》（Post Office），一生寫過數千首詩作、數百篇短篇故事，以及六部長篇小說，總計出版了四十多本書。

熱愛古典音樂、爵士樂，喜歡海明威和李白，最討厭莎士比亞和米老鼠，有過三段婚姻，兩次離婚，有一個女兒名叫瑪麗娜（Marina Bukowski, 1964- ）。一九九四年因白血病病逝於加州聖派卓

（San Pedro），去世前剛完成最後一本小說《低俗》（*Pulp*），享年七十三歲。

生於街頭長年身處貧窮，他以自傳式寫作著稱，為社會底層之人發聲，也描寫生活大半輩子的洛杉磯的毀滅性景象，而富節奏感的粗俗口語語言，啟發無數知名搖滾樂手。他是堪稱作品失竊率最高、美國最具反叛精神的代表人物，作品曾被翻譯成十多種語言，歐美累積銷售數百萬冊，有生平紀錄片《布考斯基：生來如此》（*Bukowski: Born into This*）和傳記電影《夜夜買醉的男人》（*Barfly*），人氣在世界各地迄今未減。

譯者　陳榮彬

臺灣大學翻譯碩士學位學程專任助理教授，曾三度獲得「開卷翻譯類十大好書」獎項，近作《昆蟲誌》獲選二〇一八年 Openbook 年度好書（翻譯類）。已出版各類翻譯作品五十餘種，近年代表譯作包括梅爾維爾《白鯨記》、海明威《戰地鐘聲》等經典小說，以及重量級史學作品《追尋現代中國》、《火藥時代》與《美國華人史》。曾任第四十一、四十三屆金鼎獎評審。

卡爾·魏斯納（Carl Weissner，1940-2012），德文翻譯家暨作家，也是布考斯基的知心好友，譯介布考斯基的作品使其在德國聲名大噪。卡爾·魏斯納曾翻譯安迪·沃荷（Andy Warhol）《A》、J.G. 巴拉德（J.G. Ballard）《愛＋凝固汽油彈＝輸出美國》（*Liebe + Napalm = Export USA*），以及巴布·狄倫（Bob Dylan）和法蘭克·札帕（Frank Zappa）的歌詞。並以翻譯作家威廉·布洛斯（William S. Burroughs）、納爾遜·艾格林（Nelson Algren）、布考斯基的作品受到肯定。

全書的美元皆已轉譯為新台幣，例如〈老貝的第五號〉中「5,000 dollars」即譯為「十五萬元」，除〈如何成為大作家〉一詩中以「五十美元」呈現因特指一九七七年的幣值，以及〈屎在滾〉的「一美元」指舊鈔。

輯一

又有一隻動物，為愛痴狂

輯二

我，和那老女人：悲傷

輯三
史嘉莉

輯四

你腦海裡最後浮現的流行旋律

原汁原味的布考斯基

——陳榮彬・臺灣大學翻譯碩士學位學程專任助理教授

1

又有一隻動物，為愛痴狂

珊卓

高挑纖細是她
戴耳環
臥室裡的「閨女」
身穿一襲
長長睡袍

她總是很「高」
踩著高跟鞋
興高采烈
嗑藥
狂飲烈酒

珊卓離開椅子
身體

往格倫代爾 [1]

靠過去

看著她手拿

一根幾乎燒盡

的菸

用來點燃新拿出來

的另一根

我想她的頭

應該會撞上櫃子的

門把

芳齡三二的她

喜歡小鮮肉

未經人事的男孩們

一張張臉蛋像新碟子底部

完好無缺

她對我說
要帶很多戰利品
來給我看
也做到了：
一個個金髮廢柴
不發一語
徒有年輕肉體
她一下令
他們都乖乖
或坐
或站
或說話
都乖乖聽她指示

她會帶一個

或兩個

或三個

來給我

看

珊卓身穿長睡袍的模樣

很正

珊卓讓男人心碎的功力

很厲害

我希望她找到

她的他。

---

1 Glendale，加州洛杉磯郡的一個小城。但此處也有可能是位男性。

你啊

她說，你啊就像禽獸

肚腹又白又大

一雙腳毛茸茸。

你啊，不曾剪指甲

你的手又肥又厚

像貓掌

一隻紅通通的鼻子

兩顆大大的懶趴

沒見過其他人有那麼大。

你噴精

就跟鯨魚噴水

一樣猛。

禽獸啊禽獸啊禽獸

她親親我，

早餐

想吃什麼啊？

女神身高一八二

我高大

所以我想我的女人才會總是看來

小鳥依人

但這女神身高一八二

是個房仲

也賣藝術品

從德州飛來看我

我也飛去德州看她——

哈，她身上有很多肉

可以抓

我抓住肉

也抓住她

我抓著她的頭髮把頭往後拉

我很 Man

我吸吮她的上唇

她的鮑魚

她的靈魂

我騎在她身上說

「我要射出又白又熱的豆漿

射進妳身體。我大老遠從蓋爾維斯頓[2]飛

來，可不是要跟妳下

西洋棋。」

後來我們躺下，四肢像一條條交纏的藤蔓

我的左臂插進她的枕頭下

右臂摟著她側邊

緊抓她的雙手，

我的胸膛

肚子

懶趴

懶叫

纏著她

兩人交纏

黑暗中

交換目光

來來回回

來來回回

直到我癱趴

我們沉沉睡去。

我的一八二女神

既浪蕩

又溫柔

逗我哈哈大笑

笑聲像個一樣需要

愛情

的殘缺人，

而她那被上帝親吻過的雙眼

如此深邃

就像山裡的泉水一樣

深遠而

涼爽甘醇。

有了她在這裡

我什麼

都不怕。

我見過許多流浪漢在大橋下坐著猛灌廉價葡萄酒，眼神茫然

剛釣到的女人
今晚
妳跟我
坐在沙發上。

妳看過那些
吃動物的
紀錄片嗎？

死亡不就那麼一回事。

而現在讓我感到好奇的
是我們這兩隻動物

誰會
先吃誰
先吞噬身體
最後
連精神也吞掉？

我們吃動物
然後不是我吃妳
就是妳吃我，
親愛的。

話說回來
我倒是寧願妳
先用我的身體飽餐一頓

因為我這個人

可說是前科累累

一定會先

吞噬妳的

精神。

騷貨

她說，「你去了酒吧
所以沒看見
我跟一個男人跳舞
一直跳一直跳
貼在一起。
但我沒跟他回家
因為他知道我
是你的女人。」

「那我還真該感謝妳囉，」
我說。

她一刻沒想到性愛好像就會死。
她好像把性愛

用紙袋包起來

隨身攜帶。

性愛的力量充沛。

她不曾忘懷。

早上在咖啡廳

吃培根加蛋

她盯著所有可以釣的男人

稍晚

中午吃三明治

或晚餐吃牛排時也一樣。

「我覺得我是

瑪莉蓮・夢露投胎的耶，」她告訴

我。

有個朋友曾告訴我，

「她常去迪斯可舞廳找

笨蛋跳舞,

我真驚訝

你居然可以忍耐那麼久。」

一起去賽馬場時她總是不見人影

回來後告訴我

「有三個男人要請我

喝酒耶。」

或在停車場時她也常搞失蹤

找了半天我會發現

她跟陌生男人走在一起。

她說,「唉呦,他從那個方向走來,

我從另一個方向走過去,

我們只是走一走罷了。我

可不想

讓他傷心。」

她說

我是個醋罐子。

某天她

就這樣跌進

自己的陰道

消失無蹤。

這就像鬧鐘

掉進

大峽谷。

不斷發出吱吱嘎嘎的碰撞聲

鐘聲鳴響

但我再也

看不見也聽不到。

現在
我感覺好多了。
我開始學踢踏舞
也戴起了黑色氈帽
拉下帽沿
遮住我的右
眼。

甜美的音樂

還沒情傷時

音樂發出愛情的節奏：一早她

打開收音機，布拉姆斯或艾伍士[3]

史特拉汶斯基或莫札特。她做水煮蛋

大聲計算秒數：56

57、58⋯⋯她剝蛋殼，拿到

床上給我吃。早餐後

她又坐回同一張椅子聽古典

音樂。喝第一杯

威士忌，抽第三根菸。我說

我得去賽馬場了。她已經

來我這裡大概兩天兩夜。我問，

「哪一天還能與妳相見？」她說

「看你啊！」我

點點頭，莫札特的音樂播放著。

<hr>

3 Charles Ives（1980-1954），美國古典樂作曲家，被稱作「美國音樂根源」之一。

麻痺你的屁股腦子與內心——

那時我剛結束一段走味的戀情。

坦白講，人生漸漸走向低潮

心情糟透低落

湊巧認識一位女士

她的大床頂篷鑲有珠寶

還有

紅酒香檳大麻藥丸

以及彩色電視。

我們待在床上

猛灌紅酒香檳，呼麻嗑藥

就在我（心情糟透低落）

試著擺脫那一段走味戀情

的時候。

我看電視麻痺自己，

結果真正奏效的是那一部

（特別為電視台寫的）間諜

長片──

一個個美俄間諜，

大家都好聰明又

好酷──

就連他們的孩子

他們的老婆都被蒙在鼓裡

連他們自己

都幾乎不瞭解怎樣辦到的──

我發現有些人物是反間諜、雙面間諜：

他們幫兩邊當間諜，還有個

雙面間諜

變成了三面間諜

這有趣的情況讓人迷惘──

我想就連編劇那傢伙

也搞不清楚狀況——

居然一播好幾個小時！

水上飛機撞上冰山，

威州麥迪遜城某位牧師殺害兄弟，

世界上最大的鑽石裝在首飾盒裡運往祕魯

卻遭人用一大顆冰塊掉包，還有

一群金髮女郎在幾個房間進進出出

享用奶油泡芙與胡桃；

三面間諜又變成

四面間諜而大家

愛來愛去

這類情節持續上演

幾個小時就這樣過去

一切終於像一根迴紋針在一袋垃圾中

消失得無影無蹤

而我伸手關掉電視

接著好好睡了一覺

那是十天來的第一次。

最辣的老女人

她戴著白金色假髮

臉上擦脂抹粉

用口紅畫出

一張大嘴

脖子皺巴巴

但仍有年輕女孩的翹臀

還有一雙美腿。

我拉起她的洋裝下襬

褪去藍色內褲，在畫面閃爍的電視旁

站著上她。

我們在房間裡四處交纏

（我心想，這簡直是在跟墳墓打炮，我

讓死人復生，神奇啊

真是神奇

感覺像在凌晨三點全城有一半著火之際
吃著冷冷的橄欖）
我射了。

處女就留給你們年輕人啦
讓我專挑踩著高跟鞋的火辣老婦
人老屁股倒沒老。

當然，你們這些傢伙完事後就走
或者爛醉如泥
反正都
一樣。

我和她卻會喝紅酒看電視
幾小時後才上床
好好睡一覺

整夜

她都沒把假牙拿出來。

骨灰

她説，我拿到他的骨灰後，拿到
海面上去灑
而骨灰看來根本不像骨灰
沉甸甸的骨灰罐裡
裝了藍綠小卵石……

他是個百萬富豪
卻沒留半毛錢給妳？

她説，什麼都沒有。

妳可是陪他吃了一頓又一頓
早中晚餐欸！
還聽他放了那麼多狗屁！

他是個出色的人。

你知道我的意思。

總之，我拿到他的骨灰，而你上了
我的姐妹們。

我才沒有。

你明明有。

只有一個。

哪個？

我說，那個蕾絲邊，誰叫她帶晚餐來給我，

還有喝的，我還能怎樣？

我走了，她說。
別忘了妳的瓶子。

她走進去拿。

她說，你這傢伙空空洞洞，死後
只會燒出骨灰只有一點點，罐子裡放的
幾乎都是藍綠卵石。

我說，沒差。

六個月後見！她大聲咆哮後甩門就走。

我心想，好吧，這下我真的得要上了

她另一個姐妹才能擺脫她。我走進臥室

開始找電話號碼。我只記得她

住在聖馬提歐[4]，有一份好

工作。

---

[4] San Mateo，加州的一個郡。

肉

她把洋裝往頭頂一拉
脫掉後
我看見內褲
褲襠處有點
往內凹。

這就是人性啊。
現在我們得做了。
在一陣吹牛過後
我得做了。
就像開派對——
兩個被困住的
白癡。

我把燈

關上

被子裡

她的內褲

還沒脫。她希望

我幫她脫。

這不能怪她，只是

有人想知道她怎會跟我在一起

嗎？其他男人都

死光啦？你怎能如此

幸運？她是不是

別人都不要的？

我們不是非做不可

但卻又沒有選擇。

這就像是

跟稅務員

建立新的信任關係。

我終於脫掉她的內褲。

決定

不幫她舔。不過

就連完事後我

還是想著舔或不舔。

今晚

我們會一起睡

睡得像壁紙一樣

服服貼貼。

我試著

把注意力擺在她

頭上的頭髮

只要注意

她的

頭髮就好

但卻還是瞥見了

她的鼻孔

豬一樣的鼻孔

我再試

一遍。

我

她告訴我，
女人不知如何去愛。
你知道愛人
但女人只想
把人榨乾。
我很清楚只因我是
女人。

我大笑三聲，哈哈哈。

所以啊跟蘇珊分手
可別擔心
因為她還是會
去榨乾別人。

我們又聊了一下

我說掰了後

掛上電話

進廁所拉一泡

有啤酒味的屎

滿腦子的念頭都是，嘿，

你又死不了

至少還有辦法

把排泄物驅出體外啊。

還能寫詩。

只要這情況不變

我就不會在乎

戴綠帽

寂寞

指頭長肉刺

淋病

還有報上財經版的
經濟報導。

就這樣
我站起來
擦乾淨
沖乾淨
接著心想：
我的確
知道如何去
愛。

我把內褲拉起來後走進
另一個房間。

另一張床

另一張床
另一個女人

也有窗簾
浴室
與廚房

另一雙眼睛
不同的頭髮
不同的
腳與腳趾。

大家都在看。
尋尋覓覓。

你還在賴床

她著裝去幹活

你心裡回味著

上一次

還有上上次……

無論是

做愛

一起睡

溫存

都如此舒服……

她走後你起床使用她的

浴室，

感覺如此親暱又生疏。

你回到床上去

又睡了一小時。

離開時心裡難免傷悲

但無論這關係是否繼續

你都會再與她相見。

你開車到海邊後坐在

車裡面。都快中午了。

——另一張床，不一樣的耳朵

耳環嘴巴拖鞋與

洋裝

　　顏色、房門、電話號碼。

你曾經堅強獨活。

不是有人說年近耳順就更應

通情達理？你該那樣。

你發動車子後換檔，

心裡想著，回去後我要打電話給珍妮，

禮拜五後就沒見過她了。

進退兩難

別把我愛人的衣服脫掉
否則你會看出她是一具假人模特兒；
別把假人的衣服脫掉
否則你會發現
我的愛人。

她早已是過往雲煙
忘了我的臉。

她正在試戴
新帽
看起來
比以往
更愛

賣弄風騷。

她是個

孩子

假人

還有

死神。

我無法恨

她。

她所做的一切

沒什麼

太特別。

那時我倒是希望她

能特別一點。

今晚

編輯在電話上說，

「你那些關於女孩的詩過了五十年

還會有人讀但到時她們早已失去芳蹤」。

親愛的編輯：

現在她們似乎就已

消失無蹤。

我知道你的意思

但願今晚我能遇到

一個真正有活力的女人

從遠遠的另一頭朝我走來

那些詩就留給你吧

好的

壞的

或今晚過後我為

這一個寫的。

我知道你的意思。

你知道我的意思嗎？

逃

想要逃離黑寡婦蜘蛛

必須有脫逃藝術家似的神奇本領。

她總能織起一張情網

慢慢把你吸引過去

與你深情擁抱

過足癮後

就殺了你

依舊擁你在懷裡

把血吸得一乾二淨。

我逃離了我的黑寡婦

因為她身邊男人太多

都困在她的情網裡

趁著她擁抱著

一個又

一個男人

我才得以

脫身

恢復以往的自由之身。

她會想念我——

不是想念我的愛

而是我血液的滋味，

但她不會有事，還是會有血

可以吸；

她真是太美妙才讓我幾乎想念那種

差點死去卻沒死的體驗；

我逃走了。我將尋找其他

情網。

電鑽

上面寫著，
我們的結婚證書。
我翻看著，
他們撐了十年。
他們年輕過。
現在枕邊人換成我。
他打電話過來：
「我要把電鑽拿回來，
幫我準備好
十點我去接孩子們。」
人到了他在
門外等。
他的孩子離開
跟他一起。

她回到床上

我伸出一條腿

擱在她腿上。

我也曾年輕過。

「但願人長久」根本

不可能。

我回想生命中的一個個

女人。

她們似乎沒存在過。

「他拿到電鑽了？」我問。

「嗯，拿到了。」

天知道有一天會不會換我

回來拿我的百慕達短褲

還有那一張

聖馬丁室內樂團[5]的專輯唱片？我心想

會喔。

[5] Academy of St Martin in the Fields，英格蘭古典樂團。

德州女孩

她來自德州，體重
不到五十公斤
站在鏡子前梳理那一頭像
紅色海浪的
及腰
長髮。
我躺在床上
看著她梳頭髮
看著紅髮閃爍著
亮光。
看著她就像從
電影走出來卻又真實無比。
我們一天至少滾一次床單
無論何時她想要逗我笑

都會得逞。德州女人總有

一種健康美，更何況

她還幫我清理

冰箱、水槽、浴室。

她煮給我吃

的食物，

也都很健康。

她還幫我

洗碗。

「漢克，」她叫我名字，

手裡拿起一罐葡萄柚汁。

「這是德州最讚的，」

她說。

罐上寫著：不加糖的粉紅色

德州葡萄汁。

她看來就像銀幕女神
凱薩琳·赫本，高中時
就是這模樣，我癡癡望著
不到五十公斤的她

在鏡子前
她想把一頭紅髮
梳出一點變化
而我環抱著、背對著她
用腳趾、大小腿和腹部
去感覺她
另一個身體部位也用上了，
彷彿整個洛杉磯都
隨我傾倒
隨我喜極而泣
愛的小房間裡四壁震動——

一頭紅髮像波浪打下來

她轉頭對我說

「這該死的頭髮！」

而我說，「真該死。」

蜘蛛

以前在

紐澳良

我曾跟一個叫瑪莉的胖女人

同居，在法國區

拖著一身病軀。

她去上班後

那天下午

我到廚房裡

跪倒在地

禱告，雖然我

沒信教

但那天下午我實在絕望無比

於是我默念禱詞：

「主啊，如果你饒我一命，

我發誓往後我

不再碰酒。」

就像電影裡演的那樣

我跪在那裡——

禱告完後

撥雲見日，陽光穿透窗簾

灑進屋裡

打在我身上。

我站起來後去撒條。

瑪莉的浴室裡有一隻大蜘蛛

但我還是撒我的條。

一小時候我開始感覺

體力回來了。我到附近街上走走

見人就微笑。

我在雜貨店去幫瑪莉買了

兩手啤酒。

我開始覺得狀況好極了，一小時後

我坐在廚房裡打開

一罐我買的啤酒。

喝了一罐後又喝掉另一罐

然後我走進浴室去

幹掉那蜘蛛。

瑪莉下班回來後

我跟她熱吻，

然後坐在廚房裡，她煮菜

我跟她聊天。

她問我那天怎麼了

我說我殺了那

蜘蛛。她沒

生我氣。她是個好

女人。

短暫的（性）關係告終

這次
我試著站立的體位。
通常不怎麼
順利。
看來這次
卻……

她一直嬌喘著說
「喔天啊，你有一雙
美腿！」

這也沒什麼
直到她讓雙腳
離地

兩條腿
夾住我的腰際。

「喔天啊，你有一雙
美腿！」

她的體重大概有六十二
公斤，我用力時她像無尾熊般
掛在我身上。

我高潮時
才發現
痛感從脊骨尾端
往上竄。

我把她丟沙發上

在房間裡
走來走去
痛感揮之不去。

「嘿，」我說，
「妳還是先離開吧。
我得到暗房裡
沖洗底片。」

她穿衣後離開
我走進廚房
拿了一杯
水。左手
拿著滿滿一杯水。
痛感已經來到
後腦杓

害我玻璃杯脫手
砸爛在地板上。

我放滿一缸熱水
加了瀉鹽泡澡。
我才把身體伸展開來
電話就響了。
我試著
把背伸直
痛感竄往
脖子、雙臂。
我搖搖晃晃
緊抓住浴缸兩側
出浴後
只覺天旋地轉
眼前出現眩光

一片紅綠黃。

電話響個不停。
拿起話筒我說，
「喂？」

「**我愛你！**」她說。

「謝啦，」我說。

「你的回應
就這樣？」
「嗯。」

「去吃屎吧！」她說完就
掛斷電話。

走回浴室路上

我心想，真快啊

精液都還沒乾掉

愛情就已經消退啦。

靠北靠母

她在信裡說：你一定會

為了我上禮拜

跟兩個男人上床

而寫詩

在詩裡靠北靠母。

我知道你在想什麼。

她繼續寫道

我的預感

沒錯——

她剛剛上了

第三個男人

但她知道我不想

追究那是誰，還有

到底是怎麼一回事。

她在信尾署名，「你的愛」。

那些蟑螂老鼠般的

人渣又贏啦。

趁虛而入

吃乾抹淨

嘴裡還哼著

老情歌。

關上窗

靠北

關上門

靠母。

一首幾乎完成的詩

我彷彿可以看見妳在噴泉邊
用一雙藍色的纖纖細手捧水喝
不對，妳的手不纖細，
只是小了一點，那噴泉在法國
就是妳寫最後一封信給我的地方
而我回了信但妳卻從此音信全無。
妳曾寫過一些莫名其妙的詩
像什麼 ANGELS AND GOD [6]，
每個字母都是大寫的，而妳認識的
那些知名藝術家大多
是妳的愛人，我回信說沒關係，
勇敢點，走進他們的人生，我沒忌妒
因為我們未曾相遇。在紐澳良我們曾
非常接近，相距半條街，但沒有相遇

未曾接觸。所以妳選擇了名人，詩裡

也都是名人，最後妳當然會發現

名人都只在意自己的

名聲——而不是他們年輕貌美的，

跟他們在一起的，早上醒來後寫出

ANGELS AND GOD 的枕邊人。我們知道

上帝已死，大家都這麼說，

但看了妳的詩之後我不確定了。也許是

因為妳用大寫字體。妳曾是

最棒的女詩人，我告訴一個個

出版商與編輯，「幫她，幫她出書，

她瘋了但卻仍有魔力，字裡行間都是

熱情與真理。」我愛上一個未曾接觸，只通過信的

女人，只有她的幾張小照片。

如果我曾跟妳一起待在小房間，

一邊坐著捲菸

一邊聽妳在洗手間小便，

我肯定會更愛妳，但事與願違。

妳的信越來越悲傷，妳的愛人都劈腿，我回信說，

小妹妹，沒有愛人不劈腿，但沒有用。妳說

妳在河邊橋下有一張專用公園椅，

每晚妳坐在上面，為了傷害妳、忘記妳的

愛人啜泣。我回信後

妳音信全無。一位朋友來信說妳自殺

已經有三、四個月。如果我倆曾相遇，

我有可能辜負妳

或妳辜負我。也許這反而是最好的結局。

藍起司配辣椒

這些女人該來

看我

但她們從沒

來過。

其中一個腹部有一條

長疤。

另一個會寫詩

還會凌晨三點打電話來說：

「我愛你」。

還有一個會跟紅尾蟒

共舞

每隔四周就寫信給我

說她會來

最後一個宣稱

睡覺時
總是用我的新書
伴她入睡
就擺在
枕頭下。

大熱天我一邊聽布拉姆斯
一邊打手槍
接著吃
藍起司配辣椒。

她們都是好女人
腦袋跟身材都好，不管是不是在床上
都很會辦事，當然也都是
狠角色——
但她們為什麼非得都

住在大老遠的北邊？

我知道他們終究會來

但卻是兩、三個

同一天找上門

而我們會坐成一圈聊天

然後她們一起

離開。

有一天她們會跟別人

在一起，我只能身穿軟趴趴的

短褲四處走動

卯起來抽菸

因為

完全沒有一丁點長進

裝出

一副悲慘模樣。

三角習題

我在酒吧

連續兩晚撩她——

不是因為我們剛談戀愛，

我愛她已經十六個月

但她不想來我家

「因為你家有另一個女人待過，」她說。

「好吧，好吧，那該怎樣？」我問。

她來自北邊，

想找地方住

投宿女生朋友家，

所以她從租來的搬家拖車上

拿了幾條毯子，她說

「我們去公園吧。」

我跟她説妳瘋了

想被條子抓走嗎？

但她説，「才不是，你看天氣好好又多霧」

所以我們就去公園

結果才鋪好東西開始辦事

突然間出現車頭燈光——

警車來了——

她説，「快把褲子穿上！我已經穿好了！」

我説，「不行啊，褲管纏在一起了。」

條子拿著手電筒過來

問我們在幹嘛，她説

「親嘴啊！」一個條子看看我

他説，「我不怪你，」接著小聊一陣

條子就放過我們離開。

但她還是不想去我家

因為我的床被那女人睡過了，

最後我們去汽車旅館開房間

在漆黑悶熱中親吻做愛

大汗淋漓但還算不賴

我是說，至少不用在室外受罪……

隔天下午

我們終於到我家去

辦事。

那天夜裡的條子

還真好心——

對條子我從來

沒有這種想法，

而且

我真心希望

我再也不用

這麼想。

T.M. [7]

那時她住在蓋爾維斯頓，喜歡

冥想

我南下找她，儘管天氣很熱

我們做愛

做個不停

我們嗑藥

我們搭渡船到島上

我們開車開了三百二十公里

到最近的賽馬場。

我們都贏了錢，坐在鄉下酒吧——

當地人都不喜歡也不信任我和她——

然後我們投宿一家鄉下汽車旅館

一、兩天後才回她家

我繼續待了一周

幫她畫了兩幅好畫──

畫裡有個男人正要被吊死

另一幅畫著狼與女人交媾。

一天晚上我醒來發現她不在床上

我起身四處找她，我說

「葛洛莉，葛洛莉，妳在哪？」

她家很大，我四處走著

打開一扇又一扇門

最後我打開一扇像是衣櫃的門

只見她跪地上

四周圍繞著

七、八個光頭男人的

照片

他們大多戴著無邊眼鏡。

我說，「喔，打擾了。」

葛洛莉身穿一襲背後有

群鷹飛舞的和服。

我關門回床。

十五分鐘後她才出來

我們開始熱吻

她的肥大舌頭在我嘴裡

鑽進鑽出。

她是個高大健康的德州女孩。

「欸——葛洛莉，」最後我終於說出口，

「我需要休息一晚。」

隔天她載我去機場。

我說一定寫信給她，她也說要寫信給我。

但我們倆都沒做到。

---

[7] Transcendental Meditation，冥想的一種方式，即「超覺靜坐」。

老貝的第五號[8]

第一次聽到時我在斯克蘭頓[9]

幹一個金髮女孩

她家的電視是城裡最大台。

後來我又聽到了

那時我正在寫信給我媽

要跟她借五千塊

她卻回寄給我

三個瓶蓋還有

阿公的

食指指節。

小貓走過

上面有綠啄木鳥圖案的地毯

牠説
第五號會在草叢裡或賽道上
殺了你。

溫泉鎮[10]的妓女説
如果第五號殺不成
第十號也會殺了你。
九十三個盜賊把
漂亮的鮮紅旗幟升起
全都在紫色塵埃中
啜泣。

第五號就像一隻螞蟻
待在滿是軍官手杖
與金甲蟲的
早餐用餐區

吸吮著
流下來的黎明橙汁。

我收下我媽寄來的
三個瓶蓋
把《科夢波丹》雜誌
的內頁撕下
包起來
吃掉。

但第五號**真**的讓我
煩透了
我曾在俄亥俄州
跟某個女人這樣說
那時候我剛剛打包完
可以堆成三層樓高的煤炭

又醉

又暈，她說：

　　你怎麼可以不喜歡
　　這種比你還要偉大
　　一百倍的作品？

我說：

　　這很難嗎？

然後她坐在綠椅上
我坐的是紅椅
事後
我們再也沒
做愛。

8　Bee's 5th，貝多芬的第五號交響曲，名為「命運」。
9　Scranton，賓州的一個城市。
10　Aqua Caliente，位於墨西哥的知名賽馬場，作者曾去賭馬。

氣溫接近攝氏四十度

前一晚她幫我剪了腳指甲

隔天早上她說，「我想我會

整天躺在這」。

意思是她不打算工作。

她待在我的公寓——多待了

一天一夜。

她是好女人

但之前她才跟我說

想要生小孩，想要結婚，那時

外面氣溫接近攝氏四十度。

當我想到自己

又要有小孩

又要結婚，心情整個糟起來。

我早已打定主意，在自己的小房間裡

單身老死——

現在她打算幫我重打一遍人生的算盤。

此外她關我車門時總是太大聲

吃飯時頭也太靠近餐桌。

某天我們一起去郵局、百貨公司

然後去三明治專賣店吃午餐。

我有種已婚的感覺，回家路上

我差點撞到一輛凱迪拉克。

「我們去買醉吧，」我說。

「不要，不要，」她回說，「才幾點啊。」

然後她用力關上門。

氣溫仍接近四十度。

打開信封我發現汽車保險公司

要我多繳兩千多。

她突然衝進房間，大聲喊叫，「哎呀，」

「我都曬紅了！斑也跑出來！怎麼辦！」

「去洗個澡，」我對她說。

我打長途電話給汽車保險公司，

要求說明。

泡在浴缸裡的她開始大叫抱怨，

害我什麼都聽不到，只能說，「抱歉，」

「請等等！」

我用手蓋住話筒，對著浴缸裡的她大罵：

「喂！我在打長途電話！拜託給我

小聲點！」

幾個保險公司人員都堅稱

我還欠他們兩千多，會寄信跟我解釋。

我掛上電話，在床上伸懶腰。

我有種已婚的感覺，真的有。

她從浴室出來對我說，「我也可以在你

身邊伸伸懶腰嗎？」

我說，「好啊。」

十分鐘後她的膚色恢復正常。

原來是因為她吃了一片維他命 B3。

她記得每次都會這樣。

我們躺在一起伸懶腰，大汗淋漓：

焦慮。誰都會有焦慮的時候。

但我不能說實話。

她想要生小孩。

真他媽的。

平靜的來電

你喜歡賤貨，她說
你喜歡妓女，
你一定會覺得我很無聊。

我再也不想鬼混了，
我說，
安啦。

每次喝酒，她說，我就膀胱痛
像火燒。

我會戒酒，我說。

你在等電話，

她說，

你一直看著電話。

如果有賤貨打給你

你一定會立刻離開這裡。

我沒辦法給妳任何承諾，我說。

接著——沒想到——電話還真的響了。

瑪姬來電說，

我一定要立刻見你。

我說，喔。

我遇上麻煩了，她繼續說，我需要

三百塊——快來。

我馬上來，我說，接著
掛斷電話。

她看著我說，賤貨打來的，
看你那開心的模樣。
妳到底哪根筋
不對勁？

喂，我說，我得走了。
妳就待著，我很快回來。

我要走了，她說。我愛你
但你卻是瘋子，沒救了。

她拿了皮包，砰一聲關門就走。

也許是童年出了什麼錯

才會讓我這麼脆弱，我心想。

離家後我坐進我的福斯汽車。

沿著西區大道[11]往北開，沿路聽著收音機。

一路上兩側街道

有許多妓女走來走去

瑪姬看來比她們任何一個都更墮落。

[11] Western Avenue，洛杉磯的四線大道。

一〇二公斤

我們在床上
她突然開始罵我：
「你這個混蛋！等一下
我一定要給你好看！」

我開始大笑：
「怎麼啦？怎麼啦？」

「你這個混蛋！」她大聲罵我。

她扭動著但被我抓住雙手。

她比我年輕二十歲
而且還是個健康食品控。

她非常強壯。

「你這個混蛋！我要給你好看！」
她大罵。

我用一〇二公斤的身軀壓上去
待在她身上不動。

「啊——嗚——天啊，太不公平了，
嗚——天啊！」

我往旁邊滾開，走進另一個房間
坐在沙發上。

「你這雜碎，我要給你好看，」她說，
「等著瞧吧！」

「想怎樣都可以，可別把我那裡咬斷，」我說，
「否則可有六、七個女人會很不爽。」

她爬上我的床頭板
（我的床頭還真有一片平坦的窄板）
然後就坐在那上面
看電視新聞。
電視在臥室另一邊
螢幕把床頭板上的她
照得滿臉光亮。

「我還以為妳是正常人，」我說，「結果
妳跟她們一樣瘋狂。」

「閉嘴！」她說。「我要
看新聞！」

「喂，」我說，「我要……」

「噓！」她說。

她真的就這樣坐在我的床頭板上
看新聞。我也就這樣
接受了她。

轉身就走

她把車開進停車場時
我正靠在我的車子側邊。
她醉了,淚眼婆娑的她說:
「你他媽王八蛋,你上了我
但卻不是真心的,還要我
打電話給你,要我搬近一點,到城裡來,
現在卻叫我別煩你。」

這真是小題大作但我覺得有趣。
「喔,好吧,那妳想怎樣?」

「我想跟你講話,我想去你家
跟你講話……」

「我跟別人在一起了。她在裡面
買三明治。」

「我想跟你講話⋯⋯這種事得要
過一段時間才能釋懷。再給我一點時間。」

「當然好。等她出來吧。我們不是
沒心肝的。等等一起喝酒。」

「狗屁！」她説，「狗屁！」

她跳進自己車裡，開車離去。

另一個女人出來後問我：「那誰啊？」

「以前的朋友。」

現在**她真的**走了，醉醺醺的我坐在這裡
似乎也淚眼婆娑。

四下無聲，但我有一種
椎心痛感。

我走進洗手間嘔吐。

同情心，我心想，難道人類都沒有
同情心嗎？

獻給虎牙女，法蘭西絲

我認識一個女人

她總是不斷購買機關盒

源自古中國的

機關盒

木頭材質

裡面有榫卯

一塊塊拼起來

找出機關才能打開。

她像個解題的

數學家

把木盒的機關

一個個找出來

她住在海邊

在外面撒糖給螞蟻

還相信

這世界

終將變好。

她髮色是白的

很少梳理

她一口虎牙

身穿不貼身的

寬鬆連身服

儘管身材讓大多數女人都忌妒。

曾有很多年她常惹火我

因為我覺得她有很多

怪癖——

像是把蛋殼泡在水裡

（她覺得這樣才能讓植物

吸收鈣質）。

但到最後我回想起她的

一生

與其他人生

更生動、有創意與絢麗

的人相較

我才發現在我認識的人裡面

她是最不會傷害別人的

（所謂傷害，就是真的傷害）。

有時候她也過得很糟

糟到讓我覺得

我該多幫她一點

因為她是我唯一小孩的

媽媽

也因為我們曾彼此相愛

但她還是撐過來了

就像我說的

在我認識的人裡面

她是最不會傷害別人的，
所以任誰能夠體會這一點
都會發現
她為別人創造出更好的世界。
她贏了。

法蘭西絲，這是獻給妳
的詩。

隨想

賽道上群馬狂奔

而她則在別的地方

跟一個白癡

大笑

彈奏巴哈的傢伙發明出氫彈[12]

而她則在別的地方

跟一個白癡

大笑

大家手頭鬆了

威尼斯的貢多拉船

也炙手可熱

而她則在別的地方

跟一個白癡

大笑

你從來沒遇過

這種狀況

（被一格格階梯

盯著看）

外面的

報童看似

長生不死

而像敵人般殘酷

的太陽下

車輛川流不息

我心想

為什麼想要發瘋

會那麼難——

如果我
還沒發瘋的話。

直到現在
你都還沒看過
看來像階梯
的階梯
也沒看過看來像門把
的門把
沒聽過像聲音的聲音

等到蜘蛛
終於
出來看著你
終於
你不討厭牠了

因為她在別的地方

跟一個白癡

大笑。

¹² 指愛德華‧泰勒（Edward Teller，1908-2003），匈牙利猶太裔的美
國物理學家，人稱「氫彈之父」。

試著趕上進度：

我們已經哈了幾根大麻菸
喝了一些啤酒，我在床上伸懶腰時
她說，「欸，我已經連續墮胎，
短時間內墮了三次，
快煩死了，你可別再用那一根
弄我啊！」

但我那一根已經站起來，我們倆都
盯著它。
「喔，拜託！」我說。「我女朋友
這禮拜已經上了兩個男人，我想
試著趕上進度啊！」

「干我屁事！別把我扯進去！

現在我只想看你
自己打手槍！
看你打手槍！
看你射出來！」

「好啊，把臉湊過來。」

她靠過來，我在手掌上吐口水
就開始幹活了。

我那傢伙越來越大。快射時
我停手，抓住根部
用力拉
龜頭抽搐
看來紫青又亮晶晶。

「嗚——」她說。

她一嘴含住，吸了

起來

但又把嘴移開。

「幫我吹到射，」我說。

「我不幹！」

我自己動手，但在最後一刻又

停下來，抓住根部

朝著各個方向

揮動。

她看著我的傢伙

又湊嘴

過來吸

然後把嘴移開。

我們就這樣

來來回回

一遍又一遍。

最後我把她

從椅子上

拉上床

滾到她身上

塞進去

抽送

抽送

射了。

去完洗手間後
她說，
「我愛你，王八蛋！
我愛你好久好久。
回聖塔芭芭拉後
我要寫信給你。
我跟男人同居但
我討厭他
我真不知道自己在幹嘛。」

「好啊，」我說。「不過既然
妳起來了，能不能幫我弄
一杯水？我好渴。」

她走進廚房，
我聽見她說

每個玻璃杯都是

髒的。

我叫她用

咖啡杯。

我聽見自來水聲

心想，只要再打一炮

我就趕上進度

就可以再愛上我女友——

但我想

她搞不好又多上了一個人

十之八九

已經上了。

芝加哥

「我辦到了，」她說。「我
撐過來了。」她身穿新靴新褲，
新的白毛衣。「現在我知道自己
想要什麼了。」這位芝加哥女人
目前定居在洛城的菲爾法克斯區[1]。

「你說過要請我喝香檳，」
她說。
「跟妳講電話時我醉了。不然，
啤酒可以嗎？」
「算了，給我哈一口你的大麻菸。」
她吸一口後吐氣：
「這菸不怎樣。」
她把菸還我。

「挺過來的人，」我說，
「不見得能變堅強。」

「喜歡我的靴子嗎？」
「嗯，很棒。」
「嘿，我得走了。
借一下洗手間好嗎？」
「沒問題。」

出來時她已經用口紅
畫出一張血盆大嘴
上次見到這種嘴
我還是個小男孩。
我在大門口吻她，感覺到
口紅抹在我嘴上。

她說，「掰掰。」
我說，「掰掰。」

她從人行道往上走，
去拿車，我把門關上。

我不是 Mr. Right，
她心知肚明。
跟我在一起過的女人，
大多心知肚明。

[13] Fairfax。

身穿格紋棉布洋裝的安靜乾淨女孩們……

我認識的女人不是妓女、當過妓女
就是瘋女。我看過別人身邊的女人文靜
又溫柔——我看他們去逛超市，
去逛大街，
待公寓裡：相安無事，
住在一起。我知道
平靜無法長久，但總有
幾小時或幾天的平靜。

我認識的女人不是愛嗑藥就是酗酒，
不是妓女或當過妓女，就是瘋女。

走了一個
又來一個

一個比一個糟。

我常看別人身邊的女孩文靜潔淨
身穿格紋棉布洋裝
女孩的臉龐不會惡狠狠或
凶巴巴。

「找我時別帶妓女來，」我跟
少少的幾個朋友說，「我會愛上她們。」

「你消受不了好女人啊，布考斯基！」

我需要一個好女人，更勝於我需要
這打字機，更勝於
我的車，更勝於
莫札特。我渴望有個好女人

讓我彷彿在空氣中聞到她的氣味

指尖也可感覺到她，彷彿

看見為她雙腳鋪設的人行道

看見為她擺的枕頭

感覺到我將為她開懷大笑，

彷彿看見她輕撫貓咪，

看見她在睡覺，

看見她地板上的拖鞋。

我知道她存在

但偏偏妓女一個個貼過來

她的芳蹤到底何在？

我們將品嘗到島嶼與大海的況味

我知道某天晚上

在某個臥室

很快的

我的手指將會

梳

過

柔軟乾淨的

秀髮

收音機播放的歌曲

也沒那麼好聽

咧嘴一笑，所有的悲傷

都從唇齒之間流瀉而出。

2

我，和那老女人：悲傷

有個詩人

有個詩

人喝酒

喝了兩

或三天

走上舞

台看著

觀眾這

才知道

他要演

奏舞台

上有一

架鋼琴

他走過

去打開

蓋子往
裡面嘔
吐關上
蓋子開
始讀詩。

如此一
來他們
就得移
除琴弦
清理嘔
吐物重
裝琴弦。

我能理
解他們

為何不
再邀他
但他們
還傳話
給其他
大學說
他是個
喜歡往
鋼琴裡
嘔吐的
詩人這
實在是
不公平。

他們從
來沒有

考慮他

的朗讀

非常棒

我認識

這詩人

他跟你

我沒有

兩樣：

只要有

錢可拿

在哪裡

嘔吐都

沒問題。

冬天

肥胖大狗受傷了

被車撞後牠走向

街邊

大聲

哀號

身體蜷曲

屁股嘴巴

都大量噴血。

我看了牠一眼

繼續開車

因為我可不想

在亞凱迪亞¹的路邊

抱著一隻

垂死大狗

狗血沾上我的

襯衫長褲

內褲襪子

鞋子。那看來

太蠢了。

還有，我看好第一場比賽的

二號賽馬

想賭牠跑贏

第二場比賽的

九號賽馬。我

想那一天能贏的

賭金大約四千二

所以我只能任由

那狗在那裡獨自死去

對街的

購物中心裡

女士們

正在撿便宜

而冬天的初雪則是

悄悄飄落

馬德雷山[2]。

---

[1] Arcadia，加州洛杉磯郡的一座城市，有著名的賽馬場。

[2] Sierra Madre，加州的一座高山。

他們想幹嘛

巴列霍³書寫孤獨

最後

餓死；

梵谷割下耳朵給妓女

卻被她拒絕；

韓波⁴興沖沖去非洲

淘金

卻只淘到一種不治的梅毒；

貝多芬變成聾子；

龐德⁵被關在籠子裡

在大街上拖行；

查特頓⁶吞老鼠藥；

海明威的腦漿掉進

柳橙汁裡；

巴斯卡[7]在

浴缸裡割腕；

阿鐸[8]被關在瘋人院；

杜斯妥也夫斯基差點被槍斃；

克萊恩[9]朝著船的推進器往下跳；

羅卡[10]被

西班牙的部隊槍決；

貝里曼[11]從橋上往下跳；

布洛斯[12]開槍打死老婆；

梅勒[13]用刀殺。

——這就是他們要幹的：

做一場他媽的秀

在地獄中

豎立一面打燈的

廣告看板。

這就是另一群人想要的，

那一群

呆笨

連話都講不好

只求安分過日

人生枯燥乏味

的嘉年華會

愛好者。

3 César Vallejo（1892-1938），祕魯詩人，詩壇的偉大改革者。

4 Arthur Rimbaud（1854-1891），法國超現實主義詩人。

5 Ezra Pound（1885-1972），美國詩人。他因二戰期間支持義大利
法西斯政權，戰後遭逮捕，拘禁籠中。

6 Thomas Chatterton（1752-1770），十八世紀英國浪漫主義詩人。

7 Blaise Pascal（1623-1662），法國啟蒙主義哲學家。

8 Antonin Artaud（1896-1948），法國著名劇作家。

9 Hart Crane（1899-1932），美國著名詩人，採古語寫作。

10 Federico Garc a Lorca（1898-1936），西班牙詩人，內戰期間遭槍決。

11 John Berryman（1914-1972），美國詩人，曾獲普立茲獎。

12 William Burroughs（1914-1997），美國詩人，垮掉的一代重要成員。

13 Norman Mailer（1923-2007），美國著名小說家，有六任老婆，他差
點殺死的是第二任。

鐵拳麥克

我們聊著那部電影：

卡格尼餵她吃

一大顆

葡萄柚

餵得太快

她來不及吃

但愛上他。

「那一套

不是每次都有用啊，」

我跟鐵拳麥克說。

他咧嘴笑說，

「對啊。」

然後他伸手
摸摸皮帶。
上面掛著三十二個女人的頭皮
盪啊盪著。

「我和我的
猶太大鵰，」他說。

然後他舉起雙手
把長度
比出來。

「喔，欸，喂，」
我說。

「她們找上門，」他說，

「讓我幹，

她們賴著不走，我就說，

『該走啦』。」

「你有種，

麥克。」

「有一個不願意走

所以我從床上站起來

給她一巴掌⋯⋯她

就走了。」

「我沒你那麼有種，

麥克。她們總是賴著

洗碗盤，把馬桶上的

屎痕給

擦乾淨，幫我把舊的《賽馬情報》

拿出去丟……」

「她們得不到我的，」

他說，

「我太厲害了。」

我說啊，麥克，沒有人

能一直厲害下去。

總有一天

你會看到像是

小孩用蠟筆畫的眼睛

就瘋掉。就連

喝杯水或走到房間另一頭

也辦不到。你在四面牆壁

之間，外面的街道

有聲音

你會聽見機關槍

還有迫擊砲。

有一天

你想要做但做不了

就會這樣。

牙齒

最後從來不是

愛的牙齒。

算命仙

留著黑色絡腮鬍的
算命仙說
我感覺不到
恐懼

我看著他
憋了
一肚子氣

我看到他
雙眼往上看

他很壯

指甲髒兮兮

牆上掛著：
刀鞘。

他懂得可真多：

書籍
賭注賠率
回家走哪條路
最好

我喜歡他
但我覺得他
是騙子

（我不確定他
有沒有騙人）

他老婆坐在
黑暗
角落

第一次
見面時
她曾是
我見過
最漂亮
的女人

現在她
變成跟他

一個模樣

也許不是
他的錯

也許我們
每個人
都會這樣

但我離開
他們家後
開始感到恐懼

月亮看來
病了

方向盤上
我的雙手
一滑

我把車開
出來
開往
山下

幾乎撞上
一輛
停在旁邊的
藍綠色車子

永遠拿土塊丟我吧
碧翠絲

詩人總是舉棋不定，哈

哈哈

恐怖的

小狗。

教授們

與教授們坐在一起

討論艾倫・泰特

與約翰・烏鴉・蘭森[14]

地毯乾淨

茶几亮晶晶

他們聊起了

預算和進行中的

作品

還有

壁爐。

廚房地板的蠟

打得很均勻

前一晚

我朗讀作品

然後喝酒

喝到凌晨三點

剛剛才吃了

晚餐

現在我又要朗讀

在附近一間大學。

這時是一月

我在阿肯色州

居然有人提起

福克納[15]

我去廁所

把晚餐都

吐掉

出來後

他們都穿上了

外套與大衣

在廚房裡

等待著。

十五分鐘後

我又要朗讀了。

會有一群

忠實聽眾

他們說。

---

[14] Allen Tate（1899-1979）與 John Crow Ransom（1888-1974）皆為美國知名文學批評家。蘭森的中間名原來是 Crowe，但被作者拼成 Crow（烏鴉），或有嘲諷的意味。

[15] William Faulkner（1897-1962），美國著名意識流小說家，曾獲諾貝爾文學獎。

獻給艾爾——

別擔心把人退稿，兄弟
我就被退過稿
曾經。

有時候你只是犯了小錯
接受了一首爛詩
但更多時候我犯了大錯
寫出不該寫的詩。

但每一場馬賽裡
我都有某匹喜歡的馬
即便在賽馬情報裡

那匹馬的賠率是三十比一[16]。

我開始越來越常思考
死亡

年老體衰

T 形拐杖

扶手座椅

用滴著墨水的筆
寫紫色的詩

這一切只因為嘴巴薄又俏
像金梭魚
身體像檸檬樹
身體像雲霧

身體像閃電
的女孩們不再來找我。

別擔心把人退稿，兄弟。

今晚我抽的菸有二十五根
喝的啤酒多少你也知道的。

電話只響了一次：
撥錯號碼。

[16] 意即馬的賠率很高，勝算很低。

如何成為大作家

你得要上過很多女人
漂亮的女人
寫幾首還不錯的情詩。

別擔心年紀太大
還有／或那些剛出道的新秀。

喝更多啤酒就對了
越喝越多

一週
至少去一次賽馬場

還得要贏

可能的話。

想要學會怎麼當贏家很難——
笨蛋也可以當好的輸家。

別忘記聽布拉姆斯
還有巴哈
還有喝啤酒。

別做太多運動。

一覺睡到中午。

別用信用卡
繳錢也不要
準時。

切記這世界上任何美女

最多也只值

五十美元

（一九七七年的幣值）。

如果你懂得如何去愛

先愛自己

但總是要記得

徹底失敗的可能性

無論失敗看來

有沒有道理——

早早嘗到死亡的滋味

不見得是壞事。

別去教堂與酒吧與博物館

要像蜘蛛一樣

有耐性——

時間是每個人都背負的十字架

此外還有

流亡

失敗

背叛

諸如此類的爛事。

但還是要喝啤酒。

啤酒是源源不絕的血。

它永遠愛你。

弄一台大大的打字機

窗外階梯上

人們的腳步上上下下

你只顧用力把打字機打得

噠噠噠噠

像在打重量級拳擊賽

像在跟猛衝的鬥牛拼命

別忘了那些拼了命

像鬥士般的老狗：

海明威、塞利納[17]、杜斯妥也夫斯基、漢森[18]

如果你以為他們在小房間裡

沒有發瘋

跟你現在一樣

沒有女人

沒有食物

沒有希望

那你就是還沒準備好。

再多喝點啤酒吧。

時間還很多。

如果沒時間了，

那也

沒有關係。

[17] Louis-Ferdinand Céline（1894-1961），法國著名小說家。
[18] Knut Hamsun（1859-1952），挪威小說家，曾獲諾貝爾文學獎。

講價

跟兩個妓女喝紅帶香檳
一瓶四百五。

其中一個叫喬姐
她不喜歡褲襪：
我一直幫她把深色長襪
往上拉。

另一個是潘——比較漂亮
但沒什麼靈魂
我一邊跟她們抽菸聊天
一邊玩弄她們的玉腿
喬姐的皮包沒關
我的赤腳伸進去。

包裡裝滿了一罐罐藥丸。我
拿了一些出來。

「唉呀，」我說，「妳們一個有靈魂
另一個臉蛋美。難道我
不能把妳們倆
合併起來？把靈魂擺進
臉蛋漂亮的身體裡？」

「你要上我，」潘說，「先拿
三千塊來。」

我們又繼續喝點香檳
喬姐倒在地板上
爬不起來。

我告訴潘

我很喜歡她的耳環。

她頭髮很長，天生

紅髮。

「剛剛我説三千塊

是逗你的，」她説。

「喔，」我説，「不然是多少？」

她拿起我的打火機點菸

一雙眼睛透過火焰

盯著我：

她的眼睛已經跟我報價了。

「嘿，」我説，「我想我沒辦法再付那價錢。」

她把兩腿交疊
抽了一口菸

她一邊吐煙，
一邊微笑説，「你當然付得起。」

我獨自，與每個人在一起

皮肉包覆骨血

在體內

擺進腦袋

有時候還有靈魂，

女人老是拿花瓶

砸爛在牆上

男人喝太多

酒

沒有人找得到

靈魂伴侶

但誰不是

一邊跟人睡

一邊

尋找？

皮肉包覆

骨血

你我拖著

臭皮囊

尋找的不只是臭皮囊。

根本沒有

機會：

我們全都

被同樣的命運

困住。

沒有人找到

靈魂伴侶。

城裡垃圾場滿了

廢棄物回收場滿了

瘋人院滿了

醫院滿了

墓園滿了

除此之外

什麼都沒滿。

第二本小說

那時她們會來找我
她們問
「你的第二本小說
寫完沒？」

「沒。」

「怎麼啦？怎麼啦
你怎麼
寫不完？」

「痔瘡跟
失眠。」

「也許你沒了？」

「沒什麼？」

「你自己知道。」

現在她們來找我
我總會說
「是啊。我寫完了。
九月出版。」

「你寫完了？」

「是啊。」

「喔，我說啊，

我得走了。」

現在就連

庭院裡的貓

都不上門

找我了。

真不錯。

叫我蕭邦・布考斯基

這是我的鋼琴

電話鈴聲響起，有人問，
你在幹嘛？要不要跟我們
一起買醉？

我說，
我在彈鋼琴。

啊？

我在彈鋼琴。

我掛斷電話。

人們需要我。我滿足
他們，如果他們太久
沒看見我就會絕望
就會生病。

但如果我太常見他們
換我生病。想要滿足別人
又要讓自己受得了，很難。

我的鋼琴會回應
我。

有時候它說的話
亂七八糟，不怎麼樣。
但也有時候
我跟蕭邦一樣

厲害又幸運。

有時候我沒練習
就會走音，那也
沒關係。

我可以坐下來，嘔吐在
鍵盤上
但吐出來的畢竟
是我的東西。

總好過跟三、四個人
坐在同一個房間裡
還有他們各自的鋼琴。

這是我的鋼琴

比他們的更好。

有人喜歡

也有人不喜歡。

憂鬱女士

她丈夫在

工作

她坐在那裡

喝葡萄酒。

她還蠻

看重

自己的詩

能發表在那些

沒多少人看的

雜誌上。

她已經有

兩、三本詩集

用油印印製出版

但詩的數量都不多。

她還有兩、三個

歲數在

六到十五歲之間

的小孩。

她已經失去

過往的

綽約風姿。她寄來幾張

她獨自坐在海邊

巨岩上

看來憔悴的照片。

本來我曾有機會

占有她。我心想，

不知道她是否也覺得

我本來可以

解救她？

她所有的詩

都未曾提及

她丈夫。

但她的花園

卻會出現在

詩裡面

所以我們知道

她有花園，還知道

也許她

在寫詩之前

會跟她的玫瑰花蕾

還有雀鳥

做愛。

小強

撒尿時

那隻小強

在地磚上匍匐

我一轉頭

牠就抬起屁股

逃進一道裂縫裡。

我拿起克蟑噴啊噴

噴啊又噴

小強終於出來

狠狠瞪我。

然後才跌入

浴缸，我看著牠

垂死

心裡暗爽

因為房租是我付的

不是牠。

我用藍綠色廁紙

把牠包好拿起來

用馬桶

沖掉。這樣就

搞定了，只不過

在好萊塢與

西區大道這一帶

小強是殺不完的。

有人說總有一天

小強一族

會在人類死光後霸佔地球

不過至少還是

讓牠們

多等幾個月吧。

他媽的誰是湯姆‧瓊斯？

我搞上一個
來自紐約的
二十四歲女孩
已經有兩週——大約
相當於清潔工
罷工的時間
後來某天晚上我那三十四歲
的女友來了
她說，「我想會一會
我的對手。」見過後
她說，「喔，
妳真是個小可愛！」
接下來我只記得
兩隻野貓的尖叫聲——

又叫又抓

受傷的貓兒呻吟

流血撒尿……

醉醺醺的我身穿

短褲，想要把她們

分開卻跌倒

扭傷膝蓋，接著她們

一路扭打到紗門外

沿著人行道一直打下去

到了大街上。

載滿條子的警車

也來了。一架警用

直升機在我家上方盤旋。

我站在浴室裡

對著鏡子咧嘴。

可沒有多少

五十五歲的男人

能遇上這麼美妙的事。

比黑人暴動[19]

還精彩。

三十四歲的她

回我家。她搞得自己

一身尿

衣服也都撕破了

身後

跟著兩個條子

他們想知道怎麼回事。

我拉起短褲穿好

試著解釋。

[19] Watts riots，一九六五年八月發生在洛杉磯的黑人暴動。

愛情贏家

聽著收音機傳來的布魯克納[20]樂曲

心裡想著自己怎沒因為

跟最近這女友分手

而抓狂

心裡想著我怎沒在街上

酒駕

心裡想著我怎沒在

黑漆漆

黑漆漆又慘兮兮

的浴室裡胡思亂想

被各種奇怪想法折磨。

我想

最後我

跟一般人沒兩樣：

我交往過的女人多得數不清

心裡怎會想著

「現在誰在上她？」

當然是心想

現在肯定有個可憐的王八蛋

快被她煩死了。

聆聽收音機傳來的布魯克納樂曲

似乎能讓我平靜。

我跟太多女人在一起過

最後我終於獨自一人

但又不是孤孤單單。

我拿起 Grumbacher 牌的畫筆
用又細又硬的尾端清理指甲。

我注意到牆上有個插座。

嘿，我是愛情贏家。

---

[20] Anton Bruckner（1824- 1896），奧地利作曲家、管風琴演奏家，以交響樂曲創作著稱。

交通號誌

可以眺望大海的公園裡

幾個老傢伙在玩遊戲

用木頭拐杖

猛戳水泥地另一頭的交通號誌。

四個人在動手，兩邊各兩個

十八或二十個坐在

大太陽下看好戲

那時我的車正在修理

走向園內公廁時

我看到這一場好戲。

一座老舊大砲閒置公園裡

生鏽也沒用了。

下方的海面上

六、七艘帆船優游著。

繳完「水費」後

出來後看到

他們還沒玩夠。

其中有個老女人濃妝豔抹

裝著假睫毛

抽著菸。

幾個老男人都瘦不拉嘰

皮膚慘白

帶著會讓手腕受傷的

腕錶。

另一個女人肥滋滋

每次有人得分都

咯咯笑

其中幾個年紀跟我一樣。

他們那一副等死的模樣
看了就噁心

人生沒有熱情
跟交通號誌沒兩樣。

這些傢伙都相信廣告
這些傢伙借款裝假牙
這些傢伙會慶祝節日
這些傢伙有孫子孫女
這些傢伙都會去投票
這些傢伙死後辦葬禮

他們都是死人

是煙霧

是空氣中的臭味

是痲瘋病人。

終究

幾乎所有人都會這樣。

海鷗比他們強

海藻也是

污沙也是

如果能把那一座古董大砲

轉向他們

還能開砲

我會動手的。

他們真噁心。

462-0614

現在我常接到電話。

每一通都沒兩樣。

「你是查爾斯‧布考斯基,

那個大作家嗎?」

「嗯,」我說。

然後他們會說

他們了解我的

作品,

其中有些人是作家

或想當作家

現在的工作

無聊又糟糕

在來電的那天晚上

他們不能只是面對房間

公寓

牆壁——

他們想要跟人

講話，

他們不敢相信

我居然幫不了他們

我居然不知道要說什麼。

他們不敢相信

現在我也常

在房裡把自己蜷曲起來

抱著肚子

大聲說

「天啊天啊天啊，

怎麼又這樣！」

他們無法相信

我自己也必須面對

許多無情的人
大街
寂寞
牆壁
等到我掛上電話
他們都覺得我沒說出
祕密。

我不是因為博學才當上
作家。
每當電話鈴聲響起
我也想要聽聽他們說話
也許可以舒緩
我的心情。

這就是為什麼我的電話

會列在公用電話簿裡。

拍照

照片上的你在門廊上

在沙發上

站在庭院裡

或靠在車子旁

拍照的都是一些女人

在你眼裡

她們的巨尻比

她們的眼睛或靈魂美多了

——這就像在 cosplay 作家

扮演海明威

詹姆斯・喬伊斯[21]

很假掰

不過，嘿——
你還是寫了
幾本書
就算你沒去過巴黎
但還是寫出了你背後的
那麼多書
（沒擺在後面的，
不是不見就是被偷了）

你只需要做一件事：
在鏡頭下
看來像布考斯基
不過

你卻一直緊盯
那些

超大巨尻

心裡想著——

都是別人在玩

那些尻

「看我的眼睛，」

她們邊說邊按快門

把玩著相機

相機拍嚓拍嚓作響

海明威會打拳擊或

釣魚或去看鬥牛

但你只是在她們離開後

在床上打手槍

然後去洗熱水澡

她們答應要寄照片來

但都沒做到

那些超大巨尻

就此消失無蹤

而你一直是個不錯的文學家——

現在還活著

但很快就要死了

看的不只是

她們的眼睛、眼神、靈魂。

[21] James Joyce（1882-1941），愛爾蘭現代主義、意識流小說家，以作品《尤里西斯》聞名。

social 一下

海浪像藍色鉛筆畫出來的
一條往前延伸的金黃大道

你坐在方向盤前
有個瘋女人
在身邊

她的抱怨滔滔不絕
海浪也滔滔不絕

就在這快要爆炸的
時刻
一堆開著黃色
白色

露營車的傢伙

居然還擋

住前面的路

你耳邊那女人嘮叨個不停

你只能說，我的錯我的錯

千錯萬錯都是我的錯

你唯唯諾諾

嗯嗯嗯個不停

但這還

不夠

她想要徹底

征服你

但你對徹底征服

感到

厭倦

抵達後

她下車

走向

屋子

你在汽車旁邊

撒尿

猛灌啤酒

一滴滴尿彷彿都是你

往下滴進

塵土中

乾燥的

塵土中

關好石門水庫

你走進去

跟她的朋友們

見面。

一拳打在胸口

我常把一句話掛嘴邊：
「難搞的人總是會回來找你。」

不過薇拉比大多數女人善良
所以那天晚上她找上門
對我說，「讓我進去。」
真是讓我訝異。

「不行，不行啊，我正在寫十四行詩。」

「我只待一會兒，
馬上走。」

「薇拉，如果我讓妳進來

妳一定會糾纏我個三、四天。」

那時候是晚上，我門廊的燈

沒開，所以我沒能

事先發現

結果

她給了我一計右直拳

紮紮實實命中我的

胸口

「寶貝，這一拳真漂亮。

妳該走啦！」

然後我就關上門。

五分鐘後她又回來：

「漢克！我找不到車子！
我發誓是真的！幫我
找車子！」

我看見我朋友「唬爛王」巴比
經過，我說：「嘿巴比，
幫這位小姐找她的車好嗎？
算我欠你一次。」

他們就一起走了。

事後巴比說他們發現
她的車停在別人家前院的
草坪上，大燈開著，引擎也
沒關。

後來薇拉

音訊全無

不過也有可能是她

在凌晨

兩、三點，三、四點

一直打電話給我

等我接起來說「喂」

卻不答話。

但巴比說他

他應付得了她

所以我決定把問題交給他

去處理。

她住在格倫代爾

的某條偏僻小街上

所以我們倆一邊

把施麗茲啤酒[22]當水喝

我一邊幫他把

公路地圖攤開。

最恨與最愛的

我最恨

去醫院和去監獄

我最恨

去瘋人院

我最恨

去閣樓

我最恨

去貧民區的爛旅館

我最恨

出席詩歌朗讀會

去聽搖滾演唱會

去參加身障人士的義賣會

我最恨

參加葬禮

出席婚禮

參加遊行

去溜冰場溜冰

去濫交轟趴

我最恨

半夜

凌晨三點

下午五點四十五分

都是我最恨的

我最喜歡

從高空墜落

行刑隊

我最喜歡

想起印度

看著爆米花攤位

看著公牛狠戳鬥牛士

我最喜歡

裝盒的電燈泡

抓癢的老狗

裝在塑膠袋裡的花生

我最喜歡

拿克蟑噴小強

一雙乾淨的長襪

天生大膽的傢伙擊敗天才

我最喜歡

站在行刑隊前面

丟麵包屑給海鷗

把番茄切成一片片

我最喜歡

上面有許多香菸燒痕的地毯

人行道上的裂縫

仍然清醒的女服務生

我的雙手

我的心都已死去

沉默

搖滾樂的慢板

一片閃耀的世界

對我來講

這些都是最愛。

折價券

前一晚的啤酒
沾濕了幾根香菸
我點燃一根
那菸味讓人想吐
打開門讓空氣流通
卻發現門前台階上
有一隻死麻雀
鳥頭跟胸口
都被咬爛了。

門把上吊著
正宗美式漢堡店[23]
的廣告
裡面有幾張折價券

上面

寫著

從二月十二到十五日

買一個

漢堡

送一份免費的

中包薯條

和一杯

三百 CC 可口可樂。

我拿起廣告紙

把麻雀包好

丟到

垃圾桶

裡面。

我說吧：

不吃可樂薯條

可以讓

我的城市

保持乾淨。

²³ All American Burger。

運氣

像這樣看著
人們
喝咖啡等人
也沒什麼
不好。我想
送一些運氣
給每個人。
他們都需要
比我更迫切需要。

我坐在咖
啡廳裡
看他們等
待。我想

也沒別的
事情可幹。
窗上蒼蠅
走上走下
我們喝著
咖啡假裝
沒在看著
對方，我
陪他們等。
蒼蠅動來
動去人們
走來走去。

狗

一隻狗

獨自走在夏天酷熱的

人行道上

看起來力量與

十萬個天神相當。

這是怎麼一回事？

壕溝戰

得了流感
喝著啤酒
用收音機
跟對街那
一台剛被
搬進院子
裡的音響
比大小聲
看誰厲害。
無論睡或醒
那一家總是
把音響音量
開到最大
大門與窗戶

也開著。

他們都已
十八歲，已婚
穿著紅鞋
金髮而且
苗條。
他們播放
各種音樂：爵士
古典、搖滾
鄉村、現代
只要夠吵的
就好。

這就是窮人
的悲哀：

我們必須忍受

彼此的聲音干擾。

上週是

我吵他們：

有兩個女人

在我家裡

大吵大鬧

出門後

還沿著人行道

大吼大叫。

警察也來了。

現在換他們

吵我。

現在我

走上走下

身穿髒ㄅㄅ的短褲

兩個耳朵裡都

紮紮實實塞著

橡膠耳塞。

我甚至想要

殺人。

真是粗魯的

龜兒子！

機車的

小屁孩！

但在我們這國家

按照我們的風俗

我不可能

做那種事；

如果狀況

不是那麼糟

時間也沒多久

我們就會

忘得一乾二淨。

總有一天他們

都會死去

總有一天他們

會待在

自己的棺材裡

安安靜靜

待著。

但現在

播放的是巴布·狄倫

巴布·狄倫 巴布·
狄倫
一直都是。

那一晚我上了我的鬧鐘

曾經

我在費城的一個小房間裡

挨餓

那一晚夜色漸深

我站在三樓房間窗邊

在黑暗中往下看見

對街某戶二樓廚房裡

有個金髮漂亮女孩

與年輕小夥子擁吻

看來很飢渴

我站著看到他們

分開。

然後我轉身打開房間電燈。

梳妝台與一個個抽屜在眼前

梳妝台上有個鬧鐘。

我拿起鬧鐘

上床

用力上它上到指針都掉了。

然後我上街晃蕩

走路走到雙腳都起水泡了。

回房間後我走到窗邊

往下看對街

廚房裡的燈已經

滅了。

關於我的死亡的隨想

我想到停在停車上的
一輛輛車

想到我自己死了
我就想到煎鍋

想到我自己死了
我就想到我不在時
有人跟妳親熱

想到我自己死了
我就快要窒息

想到我自己死了

我就想到所有等死的人

想到我自己死了
我就想到我再也沒辦法喝水

想到我自己死了
空氣都變白色

我廚房裡的小強們
顫抖不已

還想到有人得幫我把
所有乾淨與穿過的內衣
丟掉。

聖誕夜，一個人

聖誕夜，一個人
待在汽車旅館房裡
在南部海岸上
靠近太平洋的地方——
聽見了嗎？

他們試著用西班牙風格
來裝飾旅館，有掛毯
有燈，而且
廁所乾淨，還有
一小塊一小塊粉紅
香皂。

沒有人會知道我們在

這裡：

無論是金梭魚或女士們或

那些

粉絲。

城裡的人

酒駕闖紅燈

驚慌失措

撞破頭

用這方式來紀念

耶穌的生日。真不錯。

很快我就要喝掉這瓶

也是第五瓶波多黎各蘭姆酒。

到早上我會「抓兔子」然後

沖澡，開車回

城裡，下午一點吃個三明治，

回到房裡時

兩點，

在床上伸懶腰，

想必電話一定會響，

但我不接，

我用假日來

逃避，不過我的理智

不會逃避我。

曾有個女人把頭塞進烤箱裡

我終於幾乎能忍受
恐懼
但還是差那麼一點

恐懼從我的腦海
一閃而過，像貓那樣
偷偷摸摸，緩緩爬行

我能聽見群眾大笑

他們堅強有毅力
他們生生不息

像小強

目光別離開小強

否則牠會消失匿跡

群眾無所不在
他們知道該怎麼做：
世事總是
合理又致命
他們的憤怒也是合理又致命。

我希望自己開的是一輛
一九五二年的藍色別克
或一九四二年的深藍別克
或一九三二年的藍色別克
衝下地獄的懸崖，掉進海裡。

床鋪、馬桶、妳與我——

想想床鋪

一再重複使用

在上面做愛

在上面死去。

在這土地上

做愛的次數

比死去多

但我們大部分

都只懂怎樣死去

不懂怎樣做愛，

還有我們也會

一點一點死去——

在公園裡

吃冰淇淋，或

在冰屋裡

因為失智

或在草蓆上

或因為逝去的

戀情

或

或。

：床、床、床

：馬桶、馬桶、馬桶

污水系統

是世上最偉大的

發明

你發明我

我發明你

所以我們才會

在這床上

再也

處不來。

妳是這世上

最偉大的發明

直到妳

嘩一聲

把我沖走。

現在換妳

等著有人

按下馬桶沖水把手。

總有人會這樣

對待妳

賤人，

如果沒人這麼做

妳也會——

與妳自己的

綠色的黃色的白色的

或藍色的

或薰衣草色的混在一起

再見。

這樣，然後——

這次跟上次

還有上次

還有上上次都一樣。

有屎

有尿

惹上麻煩。

只是每一次

你都心想

啊，這次我該學乖了：

我會讓她那麼做

我自己該這麼做，

我再也不想勉勉強強

不想只是求取一點慰藉

一些上床的機會

一點點差勁的

愛。

現在我又開始等待

一年一年過去。

我有收音機陪伴

廚房的牆壁

是黃色的。

我丟掉的酒瓶

一罐又一罐，聆聽著

腳步聲。

我希望死亡比這一切

更為簡單。

想像與實際

這世上有許多單親媽媽

養育著一、兩個或兩、三個小孩

令人不禁納悶

她們的丈夫或情人

到底在哪裡

居然忍心拋下

那些惹人憐愛的手腳、眼睛

與聲音？

我經過他們家

每每打開碗櫃

往裡看

或仔細檢查洗手槽裡面、下面

或查看衣櫥——

希望能找到丈夫

或情人，聽他們說：

「嘿，兄弟，你沒注意到她有

妊娠紋，她有妊娠紋

而且奶子鬆垮，喜歡吃洋蔥

而且一直放屁……不過

我是個手藝好的男人。我會修理東西

我知道怎樣使用車床，

也自己換機油。我會打撞球

保齡球，不管參加在哪裡

舉辦的越野馬拉松，我都可以

拿下第五或第六名。我有一套

高爾夫球桿，有八十幾桿的實力。

我知道怎樣在床上取悅女人。

我有一頂兩側帽邊

直直往上翹的牛仔帽。

我擅長耍繩套，拳頭也很厲害

還會跳所有最新的舞步。」

我會說：「沒事，我正打算要離開。」

而且我一定會趕快離開

免得他找我比腕力

或要我說下流笑話

或給我看他右手二頭肌上

因為肌肉使力而跳動的刺青。

但實際上

我只在碗櫥裡看到

咖啡杯與有裂痕的棕色大盤子

洗手槽下方堆著一疊乾硬的

抹布，衣櫥裡——衣架比

衣服多，接著她拿出相片簿，給我看他

的相片——看來像鞋拔子一樣挺拔，像

輪子沒有卡住的超市手推車一樣俐落——
我的所有疑惑才消散，一頁頁往下看
只見有個小孩身穿紅色衣服在盪鞦韆
另一個在聖塔莫尼卡[24]追逐海鷗。
人生變得悲傷但沒有危險
所以這樣就夠好了：
就讓她端一杯咖啡
來給我喝，用那種他
不會從裡面跳出來的咖啡杯。

[24] Santa Monica，加州洛杉磯郡的一個城市。

被偷了

我一直以為我的車現在

會在外面

等我

藍色車身

撞歪的前保險桿

一條馬爾他十字項鍊

從後照鏡垂掛而下。

踏板下的橡膠踏墊

歪七扭八。

每加侖跑二十英里

TRV 491 型，車老但很棒

我是真心愛她

急轉彎時

打二檔的那種感覺

只要我一聲令下

在車陣裡她可以使命必達。

我們在一起東征

西討

無論暴雨

驕陽

煙霧

充滿敵意

或擁擠的環境。

上周四晚上我去奧運競技場

看完拳賽出來

發現我的六七年福斯 TRV 不見了

難道是跟別的愛人

私奔了？

很棒的一場拳賽
我在一家叫標準石油的加油站
叫了計程車
在咖啡廳裡坐著吃果凍餡甜甜圈
喝咖啡等車
我打定主意
如果抓到偷車賊
一定要幹掉他。

車來了。我對司機
揮揮手，付了咖啡與甜甜圈
的錢，走出去
上車後跟他說，「好萊塢
與西區大道交叉口」，而那特別的
一晚就這樣結束了。

柔順才能剛強

如果我只是跟這台打字機搏鬥

就覺得千辛萬苦，想想看

要是去薩利納斯[25]

當摘採萵苣的工人

我會怎樣？

我想起過去在工廠裡

認識的那些

男人

他們找不到

離開工廠的出路——

勉強活著，感到窒息

就算看著鮑勃·霍伯

或露西兒·鮑爾[26]

放聲大笑

聽著兩、三個小孩

對著牆壁打網球

也感到窒息。

有些自殺案根本沒

留下紀錄。

Salinas，加州的一個郡。

Bob Hope（1903-2003）與 Lucille Ball（1911-1989），兩位皆為美國
　　知名喜劇演員。

瘋子總會愛上我

還有怪咖。

這輩子從小學

國中

高中

到專校

那些不受歡迎的傢伙

總是黏著

我。

獨臂人

會抽搐的

講話口吃的

一隻眼睛上

覆蓋著白色薄膜的,

膽小鬼

厭世的人

殺過人的

偷窺狂

和小偷。

後來到了

工廠工作還有

流浪

我總是會吸引

不受歡迎的人。他們很快

就會發現我，然後

黏過來。到現在

還是一樣。

現在我住處這一帶

又有人

找上我了。

他推著一台

裝滿垃圾的

購物推車：

裡面有斷掉的手杖，鞋帶

馬鈴薯片的空袋，

牛奶罐、報紙、筆架⋯⋯

「嘿，兄弟，近來可好？」

我停下來跟他哈拉

一下。

然後我說聲再見

但他還是跟著

我

經過一家家

啤酒館還有

「性愛接待室」[27]⋯⋯

「保持聯絡，

兄弟，保持聯絡，

我想知道你

過得怎樣。」

我又有個新的「麻吉」。

我沒看過他跟

任何其他人

說話。

購物推車咯噠咯噠

小小聲作響

始終在我身後

然後有東西

掉了出來。

他停下來

撿東西。

我趁機

穿越

轉角

那一家綠色旅館的

大門

走過

大廳

從後門

出去

只見眼前有隻貓

在那裡撒條

一副很爽的模樣，

還衝著我

咧嘴笑。

<hr />

[27] Love parlor，即妓院。

大個兒麥克斯

國中時

大個兒麥克斯是問題學生。

午餐時間我們總是坐在一起

吃我們的花生醬三明治

還有馬鈴薯片。

他的鼻毛

眉毛都很濃，嘴唇沾了口水

看來亮晶晶。

那時他已經穿十號半

的鞋子。襯衫也掩藏不住他那

寬闊胸膛。手腕像厚實木片

一樣粗大。我跟朋友艾里

坐在體育館後面的陰影下

他走過來站著對我們說，

「喂，你們這兩個傢伙

坐沒坐相，站沒站相

看起來都彎腰駝背！

這樣怎麼會

有出息？」

我們沒鳥他。

麥克斯總是看著我們嗆聲，

「站起來！」

我站起來後他會在我身後

走來走去，對我說，「把肩膀

像這樣撐起來！」

他會把我的肩膀往後撐。

「你看！這樣沒有覺得比較好嗎？」

「有啊，麥克斯。」

接著他就走開，我也恢復
正常姿勢。

但麥克斯已經準備好要面對
現實世界了。這讓我們看到他就
覺得很煩。

受困

冬天時在我的天花板上走路
我的雙眼大得像
街燈。我像老鼠有四隻腳
但自己洗內衣——留著絡腮鬍
宿醉，下面「升旗」，沒有律師。我
的臉像一條毛巾。我唱著
情歌但冷酷無情。

我寧死也不哭。我受不了
粉絲們，但沒他們也活不下去。
我把頭擺在白色
冰箱上，想大吼大叫，
彷彿這輩子最後的悲嘆，但
我比群山更雄偉。

這是你遊戲人間的方式

說這是愛吧
讓它矗立在漸弱的
燈光下
擺進洋裝裡
祈禱歌唱哀求哭泣大笑
關掉燈光
打開收音機
加上佐料：
奶油、生蛋、昨天的
報紙；
一條新鞋帶，然後加進
辣椒粉、糖、鹽、胡椒
打給你那住在加利西哥市[28]
的酗酒姑姑；

說這是愛吧，好好

把它串起來，加上

甘藍菜和蘋果醬[29]，

從左側

加熱，

再從右側

加熱，

擺進盒子裡

送人

放在門前階梯上

在走進

繡球花之際

嘔吐。

[28] Calexico，加州的一個城市，位於墨西哥邊境。

[29] 甘藍菜與蘋果醬分別有「錢」與「胡言亂語」的衍生義。

夢遊歐陸

我是個軟弱的人。我
也有夢。
我任由自己做夢。我夢見
自己是名人。我夢見
走在倫敦與巴黎的
街道上。我夢見
坐在小酒館裡
喝上好葡萄酒
然後搭小黃回
五星級飯店。
我夢見
在大廳裡認識許多
美女但
找理由離開因為

一首十四行詩的靈感

乍現，我要在

日出前寫下。日出時

我已睡著，到時候窗台上

會有一隻身體蜷縮在一起的

怪貓。

我想任誰偶爾都會有

這種奇想。

我甚至想過要造訪

德國的安德納赫[30]，從那裡

展開歐洲之旅。接著飛往

莫斯科去考察

當地大眾運輸系統

如此一來當我回到這

該死的地方後

才能跟洛杉磯市長咬耳朵

講些有一點色的話。

這一切大有可能。

我已做好準備。

我曾看過蝸牛在十英尺高牆上

往高處爬,然後

消失無蹤。

可別把這種奇想跟

企圖心混為一談。

如果輪到我拿到一手好牌

難道不能放聲大笑?

而且我不會忘記你啊。

我會寄些明信片與

快照回來，還有那

寫完的十四行詩。

<hr />

[30] Andernach，德國西部萊茵河畔城鎮。

凌晨十二點十八分

大半夜的

我的頭與身體分離

抓抓身體兩側

身上滿是咬痕

兩隻白腿從被子下伸出

警笛聲嗚嗚大叫

槍聲砰砰作響。

我到廚房

倒水喝

毀了一隻小強的美夢

連牠的命也一起毀了。

北風席捲而來

我家對面公寓裡

有個男人
把老二插進
四歲女兒的
嫩臀裡。

我聽著各種尖叫聲
點燃雪茄
插進我那斷頭的
嘴唇裡。
那是半截
已經有臭味的
天生贏家牌[3]七號雪茄。

我拿著一罐殺蟲劑
走回臥室。
按下按鈕。

罐子嘶嘶作響。我
差點嗆死，
心裡想著
古代戰場上
有多少人的愛人死去？

黑暗中發生了那麼多事
不過明天
太陽仍會升起落下
不管你週四把車停在
街道的南側
或週五停在
北側
都會被開罰單。

太陽與法律

的規則總是不會改變

成為理智的最後防線。

我又被咬

氣死我了

半條被子都被我

噴上殺蟲劑。

我轉身看到

黑暗的鏡子裡——

雪茄

鬆垮垮的肚子

老摳摳

的我。

我放聲大笑。

還好沒人知道。

我拿起斷頭

擺回
脖子上

蓋好被子

但無法入睡。

小黃

墨西哥舞者對我搖搖扇子

搖搖屁股

儘管這不是我要求的

我的女人還是抓狂衝出小酒館

開始下雨，只聽見雨滴啪噠啪噠

打在屋頂上，失業的我還有十三天

就要繳下次房租。

遇到女友這樣離你而去的狀況

若不考慮錢的問題

有時候你真的不能怪她們——

如果我要被人睡，當然會挑個

有錢的人。

任誰都會害怕，但如果你像我一樣醜

身上又沒多少錢

就得硬起來，所以我把服務生叫過來

我說我無聊死了，我瘋了，我需要

一點花樣，我想把這張桌子倒過來

還有叫保鑣過來，我要在他的

鎖骨上撒尿。

我馬上就被

轟了出來，外面

正在下雨。我在雨中站起來

沿著空蕩蕩的街頭往下走

棉花糖的甜味四處瀰漫

一些沒用的東西在出售，所有小店

都是用伍爾沃斯牌³²二、三十塊的破爛鎖頭鎖門。

走到街道盡頭

剛好瞥見她跟另一個男人

搭上小黃。

我跌坐在垃圾桶旁，站起來
把尿射在桶子上，覺得悲傷
但悲傷只維持片刻，因為我知道最慘
只不過這樣，尿從波浪狀的鐵皮流下
哲學家對於這種狀況肯定有
一番說法。女人啊。女人的運氣好
男人的命就差。贏家奪下巴塞隆納。
來去下一間酒吧。

[32] Woolworth。

電話簿裡怎會有你的號碼？

有些男人打電話問我。

你真是那個大作家
查爾斯‧布考斯基？他們問道。

我說，有時候我是個作家，
但通常我什麼也沒做。

他們問，嘿，我喜歡你的
作品——你介意我帶著
兩手啤酒
去找你嗎？

我說，可以啊

但酒來就好，人就算啦……

如果來電的是女人，我會説
喔，我的確會寫作，我是個作家嘛
只是我現在沒在寫。

她們會説，覺得自己很蠢
怎麼會打給你，還有，電話簿裡怎會有
你的電話，真是意外。

我有我的理由，我説，
順道一提，妳不來找我
喝啤酒嗎？

你不介意？

她們真的來了

都是些俏妞

有想法，而且身體、眼睛都漂亮

通常我不跟她們做愛

但我習慣了

這樣也不賴

光是看著她們——

不過還是有少數幾個

讓我

喜出望外。

我現年五十五，

二十三歲以前都是處男

到了五十歲後才有豐富經驗。

所以我想我應該讓自己

持續列名在太平洋電話公司

的電話簿上

直到我的經驗值與一般人相當。

當然，我還得持續

創作不朽的詩作

只不過我是為了我的女粉絲而寫。

天氣預報

我想某個西班牙城鎮此刻正在

下雨

就在我心情爛透的

這個當下；

現在我覺得自己該

這麼想。

我們一起去某個墨西哥小村吧——

這主意聽來不錯：

某個墨西哥小村

就在我心情爛透的

這個當下

牆壁因為歷史悠久而泛黃——

屋外

下雨

夜裡一隻豬在豬圈中騷動

因為受到雨的驚擾，

小小的眼睛跟菸頭一樣小，

還有那該死的豬尾巴：

看見沒？

墨西哥人我就無法想像了。

我覺得人是很難想像的。

也許他們心情跟我一樣爛透了，

幾乎一樣爛。

真不知道他們心情爛透時都

做些什麼？

他們也許不會提起。

只會說，

「嘿，在下雨欸！」

這比說什麼都更好。

乾淨的老男人

一週內

我就要

滿五十五了。

要是早上

我的老二

不再升旗

我還有什麼

可以寫？

如果我會寫的東西

只剩下

陸龜

與砲彈星火

那些批評我的傢伙
肯定爽死了。

他們甚至可能開始
說
我的
好話

彷彿
我
終於
開竅了。

不對勁

火柴用完了
沙發裡的彈簧
斷了。
有人偷了我的小提箱。
有人偷了我那幅畫了一雙
紅通通眼睛的油畫。
我的車壞了。
鰻魚爬上我的浴室牆壁。
我的愛情死了。
但今天股市卻
上漲了。

一扇玻璃窗

狗兒和天使沒什麼
不同。
我常去一間餐廳
吃飯
大約都在下午兩點半
因為在那裡吃飯的每個人
腦袋都笨笨的
光是能夠活著吃烘豆
身邊有扇玻璃窗
可以擋住熱氣
擋住外面的車陣
與人行道
就很高興了。

咖啡完全免費
想喝多少都行
我們靜靜坐著
喝濃濃的黑咖啡。

我們都知道
這世界上居然有地方
能讓我們在下午兩點半好好坐著
不用被人摧殘身體，甚至弄成笨蛋
真是不錯。

沒人打擾我們
我們也不打擾別人。

狗兒和天使沒什麼
不同。

在下午兩點半。

我有我最喜歡的桌子

吃完後

我把盤子、碟子

杯子、銀製餐具

好好疊起來——

這是我祈求好運的方式——

也祈求太陽

運作如常

日昇

日落

在這

黑暗

之中。

兩個毒蟲

「她都在脖子上打針，」
她跟我說。我要她把針打在
我屁股上，她試了但沒成功，只說
「喔喔，」然後我說，「搞屁啊？」
她說，「這沒什麼，紐約人都
這樣，」然後她又試一次，接著說，
「喔，媽的。」我自己拿起來
打在手臂上，只剩下一部分。
「真不知為什麼大家
喜歡這鬼東西，根本
沒什麼。我想喜歡這東西的都是廢物
而且他們想要廢到極點。沒別的
辦法，就像他們到不了正要去
或想去的地方，又沒別的路可走。

肯定是這麼一回事。

她把針打在脖子上。」

「我知道，」我說。「我打過電話給她，

她幾乎沒辦法講話，她說是因為

喉頭炎。喝點酒吧。」

那是白葡萄酒，當時是凌晨四點半

她女兒正在臥室睡覺。她

開著有線電視在看，沒開聲音

只見大大電視螢幕上年輕的約翰·韋恩[33]

盯著我們，我們沒有親嘴

也沒親熱，早上六點十五我就走了

走之前把啤酒、白酒都喝光

如此一來她女兒起床上學時

才不會目睹我跟她媽

坐在床上

看著約翰·韋恩，而一整夜已過去

誰都沒什麼搞頭了——

<hr>

[33] John Wayne（1907-1979），美國電影明星，以西部英雄的形象聞
名於世。

九十九到一

我到肉類區去找

義式臘腸跟起司

憤怒的鯊魚

想咬我的懶趴

紫色的主婦們

用手挑揀二十幾元的酪梨

她們知道我頂著一台購物推車

就像我的巨大老二

我是個手戴機械錶的男人

站在酒吧的電話亭裡

吸吮著莓紅色乳頭

在費城群眾中神魂顛倒。

突然間我身邊尖叫聲四起

強暴強暴強暴強暴強暴

我正把我硬挺的傢伙塞給下面的某人

那人染著紅髮，有口臭，一口藍牙

我曾喜歡莫內

我曾非常喜歡莫內

我心想，他處理色彩的方式

可真有趣。

女人很貴

狗鍊也貴

我要把空氣裝在深橘色袋子裡販售

袋上寫著：月亮花

我曾喜歡罐裝鮮血

穿駱駝毛外套的年輕女孩

華倫王子[34]

還有大力水手卜派的神奇力量

在掙扎中掙扎

像個拔塞鑽

好人不會在喝葡萄酒時喝到軟木塞

數以百萬計的男人

刮鬍子時都想到了

與其讓頭髮掉光不如

去死算了

吐出棉花，把後照鏡弄乾淨

喝醉的騎師，要跑馬就好好跑

妓女來騎都比你快，傻子也比你快

總之要像出閘野馬那樣猛衝。

[34] *Valiant Prince*，一九三七年創作的美國漫畫，曾改編為電影。

危機

太多
太少

太肥
太瘦
或根本沒人。

大笑或
哭泣

有恨的人
有愛的人

臉長得像

圖釘背面
的陌生人

部隊在染血的街頭
橫衝直撞
揮舞葡萄酒瓶
用刺刀刺殺，或強姦
處女。

一個住在便宜房間裡的老傢伙
收藏著一張瑪莉蓮・夢露的照片

這世界如此孤獨
就連慢慢擺動的時鐘指針
都看得出孤獨的存在。

許多人疲憊不堪
無論有愛或沒愛
都被搞得渾身支離破碎

一對一的時候
人們就是無法善待對方。

有錢人對有錢人不好
窮人對窮人不好。

我們都害怕。

學校告訴我們
大家都能成為
臭屁的贏家。

學校沒説的是
這世上有貧民區
也有很多人自殺。

也沒説，一個人在
一個地方獨自承受痛苦
是很可怕的

無人撫慰
無人聞問

對一株植物澆水。

人與人不能善待對方。
人與人不能善待對方。
人與人不能善待對方。

我想他們永遠辦不到。
我沒有要求他們。

但有時候我會思考
這件事。

念珠會晃來晃去
烏雲會蔽日
殺手會把小孩的頭砍掉
就像咬一口甜筒冰淇淋

太多
太少

太肥
太瘦

或根本沒人。

有恨的人多過有愛的人。

人與人不能善待對方。
如果能善待對方
也許就不會因為許多人死亡而如此悲傷。

同時我看著年輕女孩們
像花莖
像一朵朵機會無窮的花。

肯定會有出路的。

肯定有一條我們還沒想到的
出路。

誰把這腦子裝在我的腦袋裡？

這腦子會哭

會提出要求

還說我們有機會。

這腦子不會說

「不。」

擁有一雙藍綠色眼睛的馬

你看到什麼就是什麼：
瘋人院很少開放
展示。

我們還能走來走去
還能幫自己抓癢
點菸

這一切比美女沐浴
比玫瑰與飛蛾

都還神奇。

坐在小房間裡

喝一罐啤酒

捲一管菸

用小小的紅色收音機

聽布拉姆斯

這一切跟

參加過十幾次戰爭後活著回來

一樣神奇

跟聆聽冰箱聲音

一樣神奇

只因為沐浴的美女會凋零

就像柳橙、蘋果會

滾開。

3

史嘉莉

史嘉莉

她們來了或走了

我都高興

她們快到門口時

高跟鞋發出喀噠喀噠聲響

離開時也是

快到或離開我都高興

上床我高興

愛她們我高興

結束時我也高興

還有

既然我總是在

開始或結束戀情
所以大部分時間
我都高興

貓兒來來去去
地球繞日旋轉
電話鈴聲響起：

「我史嘉莉。」

「妳哪位？」

「史嘉莉。」

「喔，來我這玩玩吧。」

掛電話時我心想

也許真的有搞頭

進浴室

快快拉屎

刮鬍

洗澡

著裝

把一袋袋

一盒盒空酒瓶

丟掉

坐下來聽著

高跟鞋來到門前的喀噠聲響

不像迎接勝利

卻如臨大敵

是史嘉莉

廚房裡我的水龍頭

滴水滴個不停

墊圈該換了。

我等等再

處理。

上下都是紅色

她甩了甩
貨真價實的
一頭紅髮
問我
「我的屁股還在嗎？」

太好笑了。

一個女人毀了你
但總是有另一個能解救你

但她在解救你的同時
卻已經準備好要進行
毀滅。

「有時候我真討厭你，」
她説。

她走出去坐在
門廊上拿起我的
卡圖盧斯¹詩集來
待在那讀了一小時。

行人來來去去
經過我家
心裡都很納悶：
這麼醜的老男人怎能把上
大美女？

我也納悶。

她走進來時我一把

抓住她，讓她坐我大腿上。

我舉起玻璃杯說，

「喝下去。」

「喔，」她說。「你把葡萄酒跟金賓威士忌

混在一起，故意要把我灌醉嗎？」

「妳的紅頭髮是染的吧？」

「你又沒看過，」她一邊說

一邊站起來拉下

寬鬆長褲與內褲：

上面

下面

的毛髮都是紅色。

就連大詩人卡圖盧斯也想像不到

比這更值得紀念或

更神奇的褲底風光；

不過他只要看見美嫩男孩

就昏了頭

但沒有徹底瘋掉

不想變成

女人。

---

[1] Catullus（BC84- BC54），奧古斯都時期頗具盛名的古羅馬詩人。

像雨中的一朵花

我剪掉右手

中指的

指甲

剪得很短

在她洗完澡後

在床上坐得直挺挺

開始在雙臂

臉上

乳房塗抹乳液之際

我開始用中指玩她的鮑魚。

接著她點了一根香菸：

「抽菸不會壞了你的性致吧？」

她一邊抽一邊繼續

塗抹乳液。

我繼續玩鮑魚。

「妳想吃蘋果嗎？」我問。

「當然好，」她說。「你有？」

但我把她撲倒——

她開始扭動身體

滾成側躺姿勢

她的鮑魚濕了，門戶大開

像雨中的一朵花。

接著她趴在床上

用最美的翹臀

面對著我

我伸手探指

繼續玩鮑魚。

她把手往後伸

一把握住我的雞巴，身體翻滾扭動

我騎了上去

我的臉埋在她那

從頭上流洩而下的

濃密紅髮裡

肥大的雞巴

進入那奇蹟地帶。

完事後我們拿乳液

香菸與蘋果來開玩笑。

然後我出去弄了一些雞肉

蝦子、薯條、小麵包

肉汁馬鈴薯泥

涼拌高麗菜回家，開始吃了起來。

她說她很爽

我說我很爽

然後我們開始吃起雞肉、蝦子

薯條、小麵包

肉汁馬鈴薯泥

還有涼拌高麗菜。

淺棕色

用妳那淺棕色眼睛放電

用妳那呆滯茫然神奇
的淺棕色眼睛對我放電

我才
不鳥妳。

妳以為自己是
飾演埃及豔后的
電影明星
但別再用眼睛
對我放電

妳知道嗎

假如我是一台電腦

為了要把妳用眼睛

對我放電的次數

列出來

我可能會當機？

這倒不是說妳

那淺棕色眼睛不厲害。

總有一天妳會被某個

瘋狂的王八蛋殺掉

到時候妳會大聲呼喊我的名字

這才知道自己

早該知道的事

很久很久以前

就該知道的。

超大耳環

她要去辦雜事，
我得去接她。
她總是有雜事
有許多事要做。
但我無所事事。

她從公寓出來
我看著她朝我的車走來

她打著赤腳
衣著輕鬆隨興
不過卻戴著超大耳環。

我點了一根菸

抬起頭來

看見她在街上伸懶腰

車來人往的街上

她那五十公斤的軀體

說有多美

就有多美。

我打開收音機

等她上車。

她要上車了。

我打開車門。

她上了車。我把車開離

人行道邊。她喜歡收音機裡的歌
把音量調高。

似乎每一首歌她都喜歡
似乎每一首歌她都聽過

每次我跟她見面都覺得她
越來越美

如果是兩百年前
她肯定會被當成女巫燒死

現在我一邊開車
她一邊塗
睫毛膏。

一頭亮紅色髮絲的她從浴室出來說——

條子要我去指認那個
差一點強姦我的傢伙。
我的汽車鑰匙又丟了；我有
鑰匙可以開門但沒有發動引擎
的鑰匙。
那些傢伙想要把我的小孩搶走
我不會讓他們得逞。
蘿薛兒差一點服藥過量掛掉，後來她拿東西
攻擊哈利，被他打到
肋骨斷了好幾根，真扯，
其中一根刺破肺臟。她現在
在郡立醫院住院，接上了機器。

我的梳子在哪？

你的梳子上沾滿黏黏的髒東西。

我跟她說，
我沒看到妳的
梳子。

女煞星

她總是那一副德性：
嘴巴像鯊魚厲害
內心骯髒無比
身體幾乎完美，
一頭紅色長髮——
我跟別的男人
都被耍得團團轉。

她常常換男人
擅長談情示愛

說聲我愛你

然後隨意把男人

甩掉

嘴巴像鯊魚厲害
內心骯髒無比

我們太晚看穿她：
一被吹喇叭
心也給了她

她留著一頭紅色長髮
身體幾乎完美
走在大街上
同樣的陽光依舊
灑在花叢間。

機會渺茫

我們去看賽馬
每逢暫時休賽他一直告訴我
兄弟，她不適合你
不是你的菜
她毀了
她被玩爛了
她有一堆
壞習慣。

我說，我要賭
四號馬。
我說，唉呀
我只是想要在她
越陷越深以前

拉她一把。

你救不了她，他說。

你已經五十五，需要好女人。

我要賭六號馬，

你救不了

她。

那誰能救她？我問。

我不覺得六號

有機會，我喜歡四號。

她喜歡被人逼往牆角

毒打，他說，

踹她屁股，她就愛

這一味。她會待在家裡

洗碗盤。
六號馬
有機會贏。

打女人我不在行，
我說。

那就忘了她吧，他說。

難啊，我說。

他起身下注六號馬
我起身下注四號馬。
結果贏的是五號馬
領先距離是三匹馬的身長
賠率是一賠十五。

她有一頭紅髮
像天際打下來的閃電，
我說。

忘了她吧，他說。

我們撕掉馬票
凝望賽馬場中間的
湖面。

這天下午
實在是太漫長
對我們倆來講都是。

承諾

她把身子伸往床鋪側邊
打開牆邊的
畫匣子。
我們在喝酒。
她說，「你曾經承諾
要把那些畫給我，
你忘了嗎？」
「啊？沒有，沒有，我不記得了。」
「你就是有說過，」她說。「你該
遵守承諾啊。」
我說，
「妳她媽別打那些畫的主意，」
然後就去廚房
拿啤酒。我停下來吐了一會兒

等到出來時

從窗戶看見她已下樓

從院子往後面的房屋移動

她的住處在那裡。

她走得匆匆忙忙

為了走快一點

頭上頂著四十幅畫：

油畫

黑白畫

壓克力畫

水彩畫都有。

她絆了一腳，幾乎

跌坐在地上。

然後她衝上階梯

穿門上樓

回到家裡

一路上那些畫
都頂在頭上。
他媽的這真是我見過
最好笑的一件事。

好吧，我想我只要再畫
四十幅畫就可以了。

說再見，手揮了又揮

我幫她付了從休士頓到

舊金山的飛機票錢

自己也搭機北上去她兄弟的家會合

我喝醉了

整晚把某個紅髮女友掛在嘴邊

最後她說，「你睡那上面，」

於是我從樓梯爬到

上舖去，她睡

下舖。

隔天他們開車送我去機場

回程飛機上我心想

我還是可以去找那紅髮女友

回家後我打電話給她，「寶貝，我回來了

我搭飛機去見那個女人，但整晚

都把妳掛在嘴邊，所以我又回來……」

「哼，那你怎麼不搭飛機回去

跟她繼續聊？」說完她就掛了電話。

我把自己喝到醉，電話鈴響

結果是兩個來自

德國的年輕女孩

想來見我。

所以她們就來了，一個二十

另一個二十二歲。我說我打算

讓自己心碎最後一次

然後就把女人戒掉。她們笑我

好傻，接著我們一起喝酒抽菸

一起上床。

我把握機會，先抓住其中一個
接著又把另一個
也抓過來。

最後我上了那個
二十二歲德國女孩。

她們待了兩天兩夜
但我始終沒能對那二十歲女孩下手
她剛好大姨媽來。

最後我載她們到薛曼橡樹園[2]
她們站在一條長長小路
的開端

對我說再見，手揮了又揮

那時我正在倒車

要把我的福斯開出去。

回家後我收到一封來自

尤里卡市¹的信。有個女人說

要我肏她肏到

再也不能走路。

我伸伸懶腰，一邊想著

一週前我看到的騎著紅色腳踏車

的女孩一邊打手槍。

接著我洗了個澡，換上

綠色浴袍，剛好來得及收看

電視轉播的奧運競技場拳賽。

拳手是非裔和墨西哥裔。

這種組合向來精彩。

而且也是個好主意：

放他們到場上去自相

殘殺。

我看完整場拳賽

紅髮女友在腦中揮之不去。

我想是墨西哥裔拳手贏了

但不確定。

[2] Sherman Oaks，加州洛杉磯郡的一個社區。
[3] Eureka，加州洪堡郡的一個城市。

自由女神

她坐在紐約

雀兒喜飯店⁴一〇一〇號房

的窗邊，

珍妮絲·賈普林⁵也常住那房間。

當時氣溫攝氏四十度

她吃了安非他命

一條腿跨在

窗台上，

接著她把身體往外探

說了一句，「天啊真爽！」

然後滑了一下

幾乎摔出去

還好自己穩住身體。

真是有驚無險。

她撐起身體

走過來

在床上伸懶腰。

很多女人曾經用各種方式

離我而去

如果她真的掉下去

那還真是我畢生

頭一遭。

後來她滾下床

躺在地上

我走過去時發現

她已經睡著。

她一整天都吵著要看

自由女神像。

現在她總算不會煩我了

至少讓我清靜一下。

4　Chelsea Hotel，紐約曼哈頓的傳奇酒店，曾有多位知名藝術家、
　　作家長居於此創作。
5　Janis Joplin（1943-1970），美國知名歌手。

別碰女舞者

她北上來看我的醫生
想弄一點減肥藥丸；
她不胖，只是想嗨一下[6]。
我去最近的酒吧等她。
週四下午三點半，
有舞者表演。

酒吧裡的顧客只有另一個男人。

她努力跳著
看著鏡子裡的自己。
像是一隻猴子
黝黑的
韓國人。

她跳得不好看，

骨瘦如柴又普普通通

她朝我伸出舌頭

接著又伸向另一位男客。

錢還真是難賺啊，我想。

又喝了幾杯啤酒後我起身離開。

她揮手要我過去。

「要走了？」她問我。

「嗯，」我說。「我老婆得了癌症。」

我跟她握手。

她比一比身後的標語：

「別碰女舞者。」

她比一比標語，對我說，

「那標語上寫著，別碰女舞者。」

我回停車場等人。

她出來了。

「弄到藥了嗎？」我問。

「嗯，」她説。

「那今天就算沒有白來。」

我想像著那舞者走過我的廚房。

但沒有畫面。

我肯定會孤獨老死，

就像我孤獨活著。

「載我回家，」她説。

「我得準備去夜校上課了。」

我說，「沒問題，」接著便載她走了。

---

[6] 原文是 speed，安非他命藥丸的俗稱。安非他命具有減肥的藥效。

墨鏡

我不曾戴墨鏡

但我的紅髮女友要去

好萊塢大道拿處方藥。

她一直吵我煩我

罵我吼我。

到了處方藥櫃檯我離開

在附近逛逛，買了一大管

Crest 牌牙膏和一大瓶 Joy 牌洗碗精。

接著我走向

墨鏡展示架，挑了又挑

選中一副

看起來最凶的墨鏡。

我們付了錢

走到附近一家墨西哥餐廳

她點了一客塔可餅但吃不下

坐在那裡

繼續吵我罵我吼我

吃完飯後我點了三杯啤酒

灌進肚子後

戴上墨鏡。

「天啊，」她說。「他媽的我的天啊！」

我對她左罵右批

完美還擊

一陣陣痛斥就像對她發射發臭的果醬

噴糞潑尿

來自地獄的臭屁，

接著我站起來

付錢

她跟著我出去

我們倆都戴著墨鏡

人行道分開成兩邊。

找到她的車後

我們上車開走

我坐在車裡

把鼻樑上的墨鏡往上推

像是把她的脊骨扯下來

像一根斷掉的美國南軍旗桿

拿出車窗揮舞⋯⋯

又黑又凶的墨鏡真的有幫助。

「他媽的我的天啊！」她說。

太陽已經出來了

我不知道。

墨鏡一副特價只要一百二十幾元

不過我還是吃虧

因為 Crest 牌牙膏和 Joy 牌洗碗精

都被我遺忘在墨西哥餐廳。

暴雨中的禱告

主啊

我不知如何是好。

我好喜歡她們在我身邊。

她們玩弄我的懶趴時

很有一套

又用認真的眼神看著

我的懶叫

一邊轉

一邊吸

仔細端詳我的每一吋

一頭長髮撒落在我的

肚腹上。

讓男人難以割捨

內心軟化的不是

上床和吹喇叭，而是額外的，

是額外的一切。

今晚在下雨之際

沒人在我身邊

想必她們在別處

端詳別人的每一吋

帶著新的心情

到新情人

或許是老情人的

臥室裡去辦事。

總之今晚在下雨

下得唏哩嘩啦

傾盆暴雨……

沒什麼可做的。
報紙已經看過
瓦斯帳單也已經繳了
還有電費
電話費。

雨下個不停。

雨讓男人心軟
讓男人的內心化成水
在水裡游泳。

今晚我多麼需要一個老派妓女
來到我門口
一邊關起她的綠色雨傘
被月光照得閃亮亮的雨滴打在

她的皮包上，對我說，「媽的，
老傢伙，你的收音機放不出
更好聽的音樂嗎？
把暖氣溫度調高……」

男人被愛跟別的一切
沖昏頭時
雨
總會下個不停
劈劈啪啪
嘩啦嘩啦
對於樹木綠草與空氣
雨是天降甘霖……
對於獨自存活的萬物
雨有許多好處。

如果今晚

能有女人的手撫慰我

我願付出一切。

女人的手讓男人心軟

讓男人聆聽

雨聲。

憂鬱

在憂鬱的歷史中
有你也有我。

我，我在骯髒的被子裡扭動
雙眼只盯著
藍色牆壁。

我已經習慣與憂鬱共處
習慣到
我可以像老朋友一樣
歡迎它。

我跟眾神告白，
現在我都會花十五分鐘憂鬱

只為失去了紅髮女友。

我憂鬱，感覺很糟糕

很悲傷

然後我就可以起來了

渾身清爽

即便什麼問題

都沒解決。

所以我才想踹所有神父修女的

屁股。

我應該踹那紅髮女人的屁股

才對

因為她不但腦袋在屁股上

還把屁股當

吃飯的傢伙⋯⋯

不過，啊，總之任何事都
讓我感到悲傷：

在這充滿失敗的漫長人生
失去紅髮女友只是
另一次沉重打擊⋯⋯

現在我聽著收音機播放鼓樂
咧嘴微笑。

我完全沒有問題
唯一的問題
就是憂鬱。

男廁裡一段關於心跳的對話

剛開完刀

我的醫生正要回到診間。

我們在男廁偶遇。

「媽的，」他對我說，

「你在哪裡認識她的？喔，我最

欣賞那種女生了！」

我說，「這是我的專長啊：鐵石心腸

加上火辣身材。如果你能測出

她的心跳，跟我說一聲。」

「我會好好照顧她，」他說。

我提醒他，「好喔，但別忘了你這

神聖職業的倫理

規範。」

他先關上石門水庫後去洗手。

「你健康嗎？」

「身體好得很。但心情實在
很糟，爛透了，有點心理壓力，
大大小小的狗屁問題。」

「我會好好照顧她。」

「好。測到心跳別忘記通知我。」

他走出廁所。
我尿完也關上石門水庫，也離開廁所但沒洗手。

我壓根就不在意那種小事。

你這個爛人

她說，我來這裡是為了告訴你
我們玩完了。我可沒開玩笑。
完了，玩完了。

我坐在沙發上看著她
在我浴室鏡子前整理
一頭紅色長髮。
她把頭髮拉起來
盤在頭頂——
她盯著我的
眼睛——
然後把頭髮放下
披頭散髮蓋住整張臉。

我們上床後我不發一語

從後面抱住她

一隻手臂纏繞她的脖子

我撫摸她的手腕手掌

繼續摸到

手肘

沒再往上。

她從床上起身。

我們玩完了，她說。

你這個爛人。你

有橡皮筋嗎？

我不知道。

這裡有一條，她說。

這樣也可以。好吧，

我走了。

我從床上起身，陪她走

到門口。

離去時，

她說，

買幾雙鞋跟又高又細

的高跟鞋

給我吧。

黑色高跟鞋。

喔不，我要

紅色的。

我看著她走在
樹下的水泥人行道上
看起來沒什麼問題
此時聖誕紅在太陽下滴著水
我關上了門。

敗退

這回我真是完了。

我覺得自己像德軍
除了被大雪侵襲，還有共軍
彎腰行軍
破舊的軍靴裡
塞著報紙保暖。

我跟德軍一樣慘，
也許更慘。

勝利在望
勝利就在眼前。

但她站在我的鏡子前
梳著長長紅色髮絲
在我看來
比我遇過的任何女人
更是年輕貌美。

等到她上了床
看來又更美了
而且那一次真是爽翻天。

十一個月。

現在她走了
跟她們一樣走了。

這次我真的完了。

回去的路漫長遙遠。
而且，要回去哪裡？

我前面那傢伙
倒下。

我踩著他過去。

他也是被她搞垮的嗎？

我犯了錯

我伸手到衣櫥頂端
拿出一條藍色內褲
拿給她看，問她，
「這妳的嗎？」

她看了一下，對我說，
「不是，那是母狗穿的。」

之後她就走了，我再也沒
見過她。她不在住處。
我一直回去找她，寫紙條
塞進門縫。每次回去都發現
紙條還在。我把後照鏡的
馬爾他十字架拿下，用鞋帶

綁在門的喇叭鎖上，還留下
一本詩集。
隔夜回去時發現所有東西
都還在。

我在街道上四處尋找
她開的那一台酒紅色跑車
像是一艘裝有破爛大砲的戰艦
鉸鏈故障，門隨時會掉下。

我開著車在街上繞
幾乎崩潰痛哭
對自己的多愁善感還有
可能愛著她而感到羞恥。

一個腦袋不清醒的老頭在雨中開車

心裡想著，我怎會

這麼衰？

4

你腦海裡最後浮現的流行旋律

穿褲襪的女生

穿褲襪的女學生

坐在公車站的長椅上

塗著覆盆子口味唇膏

十三歲的她們看來很厭煩。

太陽熾熱

去學校上課很無聊

回家也

無聊

我開車路過

盯著她們的溫暖玉腿。

她們把眼睛

別開——

長輩告誡她們

要小心那些粗魯好色的老

傢伙；她們才不會就這樣

輕輕鬆鬆上鉤。

不過還真是無聊啊

在長椅上等車

在家裡等待

書包裡的學校課本

她們吃的食物都很無聊

就連粗魯好色的老傢伙

也很無聊。

穿褲襪的女學生等待著

等待適當的時間與

瞬間才採取行動

征服人心。

我開車在附近兜來兜去

盯著她們的玉腿

很高興自己永遠都不會

進入她們賜與的天堂

或掉入她們創造的地獄，但她們那

等待的悲傷嘴唇上的鮮紅色

唇膏！如果能好好親一下

每個女生，親個過癮

然後再放她們走，那就太棒了。

但公車將會先

擄獲她們。

去妳的黃河

有個女人

在某個男人下飛機時

對她說，我死了。

雜誌上也刊登了

我死掉的訊息

另一個人也説

他聽見我死掉

傳言，另外還有人

寫了一篇文章説

才情勘比韓波、維庸[1]

的我國詩人死了，同時有個

老酒友發表了一篇東西

宣稱我

再也寫不出東西。

我就像是遇上猶大的耶穌。

這些人，好像巴不得我快去死

這些屁蛋。嘿，可是我正聆聽著

柴可夫斯基的第一號

鋼琴協奏曲

電台主持人還說

接下來要播放的是

阿姆斯特丹管弦樂團[2]

演奏的馬勒第五、第十號交響曲，

地板上到處是

啤酒瓶

我的棉質內衣與肚子上

布滿了

菸灰，而我已經

叫我所有的女友們

去死吧，就連這首

詩也強過那些

剽竊死人靈感

而寫出來的作品。

1 François Villon（1431-1474），中世紀末傑出的法國抒情詩詩人。
2 Royal Concertgebouw Orchestra Amsterdam，全名為阿姆斯特丹皇家大
   會堂管弦樂團。

詩人聚會：

多年來她一直寫信給我。
「我在廚房裡喝葡萄酒。
外面正下著雨。孩子們都
在學校。」

她是一般的老百姓
擔心自己的靈魂、自己的打字機
還有自己
那不為人知的詩人名聲。

她的詩寫得挺不錯
也很誠懇，唯一的問題是
寫的東西老早就有人寫過了。

她曾在凌晨兩點，三點
趁著幾分醉意與丈夫睡了
打電話給我。

「聽到你的聲音可真好，」
她說。

「我也有同感，」
我說。

我是說鬼話，這
誰都知道。

她終究還是南下了。我想是
因為加州灌木叢詩社[3]
要開會之類的。

詩社成員要選出幹部。她從飯店
打電話給我。

「我在這裡，」她說。「我們要選
詩社幹部。」

「喔，好啊，」我說。「那就選些好人吧。」

我掛掉電話。

電話聲又響了起來。
「嘿，難道你不想見我？」

「沒問題啊，」我說。「地址呢？」

她說再見後我打了手槍

換掉長襪
又喝了半罐葡萄酒才
開車出門。

他們全都喝醉了，想要
釣人上床。

我載她回我家。

她穿著那種有緞帶的
粉紅內褲。

我們一起喝了點啤酒
抽菸
聊一聊詩人龐德
然後睡覺。

我已經記不清

我到底

有沒有載她

去機場。

到現在她還是會寫信給我

我每次都回信

但心裡非常希望

她能停筆

別寫了。

如果運氣夠好

某天她可能會像艾瑞卡·鍾'

一樣出名。（她沒那麼漂亮

但身材比較好。）

到時候我會心想

天啊，我做了什麼好事？

我搞砸了。

或者：我沒有

搞砸。

我有她的郵政信箱號碼

我想最好通知她

我的第二本小說

會在九月出版。

這消息肯定能讓她興奮到

奶頭變硬，在此同時我又在想她

會不會變成下一個杜普萊希絲・葛雷[5]？

[3] The Chaparral Poets Society of California。

[4] Erica Jong（1942- ），美國詩人暨作家，以情慾文學著稱。

[5] Francine du Plessix Gray（1930-2019），普立茲獎提名美國作家暨文學評論家。

我的內衣上也有污漬

我聽見他們在外面說：
「他總是這麼晚還在用
打字機嗎？」
「不，這很不常見。」
「這麼晚了他應該不會
才對啊。」
「他幾乎沒這樣過。」
「他會喝酒嗎？」
「我想他會。」
「昨天他還穿著內衣
去郵局的郵政信箱拿信。」
「我也看到他了。」
「他沒有半個朋友。」
「他老了。」

「這麼晚了他應該不會才對啊。」

他們進屋後開始

下雨

同時半條街外傳來

三聲槍響

洛杉磯市中心

某棟摩天大樓開始

陷入一片火海

像是地獄裡伸出的長長火舌

往上竄到七、八公尺高空。

郝力離開洛杉磯

有個傢伙

眼神瘋瘋癲癲

皮膚黝黑

被好萊塢與西區大道的太陽

被賽馬場的太陽

給曬黑

他見到我劈頭就問，

「嘿，郝力出城

已經一週。這樣就沒有人

阻礙我。現在

我有機會了。」

他對我咧嘴笑，不像說假話：

既然郝力出城去了

他可以趁機

去一趟好萊塢山的城堡；

那裡有舞孃

六支德國牧羊犬

一座吊橋

年份十年的

葡萄酒。

龜公山姆

走過來，我對他說

我在賽馬場一天可以

淨賺四千五。

「我只是根據賠率看板，

直接下注，」我對他說。

「我需要一個年輕女孩，」他說

「來幫我搞定某個傢伙

而且事後不會

嘰嘰歪歪

端出基督教的道德觀來説教。」

「郝力出城去了，」

我告訴龜公山姆。

「靴仔那傢伙呢？」

他問我。

「在東區」，有個站在那裡的

老傢伙説。

他左眼戴著

一個上面打了

許多小洞的

白色塑膠眼罩。

「那一切都取決於粉紅小子那傢伙啦，」

皮膚黝黑的傢伙說。

我們站著
面面相覷。
接著在一片沉默中有人做了一個手勢
大家都轉身
開始朝著
不同方向
離去：
東西南北。

我們知道出事了。

一首罵人的詩

他們寫個不停

像寫流水帳一樣寫詩——

有年輕男孩、大學教授

老公在上班

整天下午喝葡萄酒的人妻

一直寫，一直寫

同樣的名字出現在同樣的刊物上

每年每個人的功力都稍稍退步

都出版一本詩集

然後寫出更多詩

像在比賽

就是在比賽

只是沒人看得到獎在哪裡。

他們不寫短篇故事或文章

或長篇小說

只顧著繼續

像寫流水帳一樣寫詩

寫的東西讀起來與別人越來越相像

但卻越來越不像自己

有些小伙子厭倦了就半途而廢

但教授們可不會放棄

午後喝葡萄酒的人妻們

更是打死不退

新雜誌一出來又刊登年輕新秀的詩

女詩人、男詩人之間通通信

上上床

一切都被誇大而且無聊。

等到詩作被退稿

他們用打字機重打一遍

寄給清單上下一份刊物的編輯

他們也會開**朗讀會**

能開幾場就開幾場

大多是免費入場

這無非是希望終究能找到知音

終究有人能為他們鼓掌

終究有人能稱讚、認同他們的

才華

他們都確信自己是天才

幾乎不會懷疑自己，

而且他們大多住在舊金山北灘或紐約市，

他們的臉就像他們的詩：

長相都一樣，

他們也認識彼此

聚會、相愛相恨、選擇與拋棄

然後又寫出更多詩

更多詩

更多詩

像是一場笨蛋們的競賽：

打字機啪啪啪、啪啪、啪啪啪、啪啪

……響個不停。

蜜蜂

我想，跟其他小男孩一樣
我也曾有過某個住在附近的麻吉。
他叫尤金，比我魁武
比我大一歲。
那時候尤金把我打得很慘。
我們老是打架。
我不斷挑戰他，但幾乎每次
都輸。

有一次我們為了證明自己有種
一起從車庫屋頂躍下。
我扭到腳踝但他卻
毫髮無傷。

我想他唯一做過挺我的事

就是那次我打赤腳被蜜蜂螫了

他對著坐下來拔蜂針

的我說，

「媽的一定要討回來！」

他說到做到

用網球拍與橡膠榔頭

幫我報仇。

我是無所謂啦

總之

大家都說蜜蜂全死了。

我的腳腫成兩倍大

躺在床上以為要死了

不斷禱告。

後來尤金投效美國海軍
做到將軍或中校之類的
大人物

而且打過一、兩次戰爭
沒受過傷。

我想現在他已經是個老人
裝了假牙
坐在搖椅上
手裡拿著一杯白脫牛奶⋯⋯

喝醉後
在床上用手指

幫我的十九歲女粉絲「服務」。

但最靠北的是

（就像從車庫跳下的那次）

尤金又贏啦

因為他壓根就沒

想起我。

最那個

唱歌的魚頭來啦

男扮女裝的烤馬鈴薯也來啦

又要整天沒事幹啦

又要徹夜難眠啦

又有人打錯電話啦

來了一隻帶著斑鳩琴的白蟻

來了一根眼神呆滯的旗桿

來了一隻貓一隻狗身穿尼龍衣裳

機關槍噠噠噠歌唱

培根在煎鍋裡被火燒

有個聲音說了一些無聊的話

報紙裡塞著幾隻棕色鳥嘴扁平的

小紅鳥

那屍高舉火炬

帶著手榴彈

還有致命的愛

那勝仗帶著

一桶鮮血

被莓果樹叢絆倒

床單被子掛在窗外

轟炸機飛往東西南北

迷航
像攪拌沙拉一樣翻滾

海裡所有魚排隊
排成一個隊伍
一個長長的隊伍
一個很長很細的隊伍
那隊伍有多長超乎你我的想像

我們走過紫色山巒
我們迷了路

我們走到迷路
最後變得像刀刃一樣光溜溜

已經給了一切，已經吐了出來

像一顆出乎意料的橄欖籽

電話服務的女服務人員

在電話另一頭大喊：

「別再打來啦！你的聲音像個混蛋！」

啊……

下午五點

喝著德國啤酒

試著想要寫出一首

不朽詩作。

但，唉呀，我跟學生

都怎麼講來著？

寫詩可不能勉強。

但現在女友們都不在身邊

也沒賽馬

可以賭

要幹嘛呢？

我性幻想了

兩、三回
出去吃午餐
寄了三封信
也去過雜貨店。
電視沒什麼好看。
電話靜悄悄。
也用了牙線
清潔牙齒。

不會下雨
隔壁棟公寓鄰居
上了八小時班
早早回來
我聽著
公寓後的停車聲。

我坐著喝德國啤酒

想要寫出一首

代表詩作

但看來是辦不到

只能繼續喝下去

喝下一罐又一罐德國啤酒

抽了一根又一根捲菸

到晚上十一點

我會平躺在

凌亂的床上

臉部朝上

在燈光下

睡覺

仍然等待著那一首

不朽詩作。

坐在公車站長凳上的女孩

我在日落大道°的左線車道上

看見她。

她兩腿交疊

坐著讀

平裝書。

她也許是義大利、印度或

希臘裔女孩

而我被紅燈給擋了下來

偶爾吹來一陣風

掀起她的裙襬。

我所在的地方

可以直視她裙下

玉腿完美無缺

前所未見。

我侷促尷尬

但兩隻眼睛死盯著

直到我後面那輛車裡

的傢伙按我喇叭。

我從來沒遇過這種

好事。

我往回開

把車停在超市

停車場

躲在車內暗處

直視她

緊盯不捨

就像個初次遇到興奮體驗的

男學生。

我把她的鞋子

連身裙

長襪

臉龐都記下來。

有幾輛車經過，暫時擋住我的

視線。

後來我再看見她。

風撩起她的裙擺

露出大腿

我開始尻槍。

就在她的巴士進站前

我高潮了。

精液的味道明顯可聞

也感覺到我的襯衫

褲子溼溼黏黏。

一輛醜醜的白色巴士

把她載走。

我把車倒出停車場

心想，就算我是個偷窺狂

但至少不是

暴露狂。

我是個偷窺狂

但為什麼會有這種好事？

為什麼會有這種美景？

為什麼風要做

這種事？

返家後

我脫衣洗澡

出浴室後

裹上浴巾

打開電視新聞

關掉電視

然後

寫下這首詩。

<hr />

[6] Sunset Boulevard，洛杉磯的知名道路。

回歸舊習慣

以前我會把電話話機
的背板拿下，用破布塞起來
每當有人敲門
我不會應門，而且如果敲個不停
我會用髒話叫他們
滾。

我只是個
身上長著金色羽翼
白色肚子鬆垮垮
還有一雙利眼
可以橫掃太陽的
怪老頭。

可愛的一對

我得去拉屎

但卻走進

那家店去

打鑰匙。

那女人身穿

格紋棉布連衣裙

身上味道像麝鼠。

「羅夫！」她扯嗓大叫

一個身穿花襯衫

腳蹬六號鞋

的老痞子走出來

那是她丈夫。

她說，「這傢伙

要打鑰匙。」

他開始打磨鑰匙

一副心不甘情不願

的模樣。

店裡到處

烏漆麻黑

空氣中瀰漫著尿味。

我在玻璃櫃檯旁

走來走去

我比了一下

跟她說，

「我要買

那一支。」

她拿給我：

那是一支有

紫色外殼

的彈簧刀。

大約兩百元含稅。

打鑰匙

則是只花了

一點小錢。

拿了零錢後

我走出店裡

回到街上。

有時候還真少不了

這種可愛的人。

我見過最奇怪的景象——

我在德·隆沛舊宅公園前面

租了一個房間

白天就坐在那裡

好幾個小時

往窗外眺望。

常有些女孩

從窗外經過

走路搖曳生姿；

這讓我的下午

除了啤酒香菸

還有額外養眼福利。

某天我看到別的

奇景。

一開始是聽到聲音。

「拜託，用力推啊！」他說。

只見有一片七十幾公分寬

兩百四十幾公分長的

長長板子；

板子兩側與中間

釘著滑板。

他在前面拉著

固定在板子上的兩條長繩

她在後面

一邊維持行進方向一邊推。

他們的所有家當都綁在

板子上：

鍋碗瓢盆、棉被等等

全用繩子

綁緊；

滑板輪子發出嘎啦嘎啦聲響。

他是來自南方鄉下的

紅脖子[8]白人——

萎靡瘦弱，褲子幾乎

要從屁股

掉下來——

他的臉色粉紅

因為太陽曬又喝太多廉價葡萄酒，

她是黑人

走路挺起胸膛

推著板子；

美麗的她

戴著頭巾

還有長長的綠色耳環

從頸部

到
腳踝
都包在一襲黃色連衣裙裡。
她的臉色鎮定
面無表情。

「別擔心！」他回頭看著她大聲說，
「總有人，
會租地方給我們落腳！」

她沒回答。

然後他們就消失無蹤
只剩遠遠傳來的
滑板輪子聲響。

他們可以撐過去的，

我心想。

一定

可以。

7   Paul de Longpré（1855-1911），法國花卉水彩畫家，長年在美國洛
    杉磯工作，好萊塢有一條街道和一座公園以他命名。
8   redneck，蔑稱，指美國南方鄉下的貧苦白人好戰、粗俗且懶惰。

附近發生凶殺案

小強們吐出

一根根迴紋針

直升機在空中盤旋不去

聞嗅著血味

探照燈往下睥睨

射進我們的臥室

這庭院周圍有五個住戶擁有手槍

另一個有

開山刀

我們全都是殺人犯與

酒鬼

但對街的旅館

更糟

他們坐在綠色、白色的門口

看來平庸又墮落

等著被送入收容機構

我們這裡的住戶都在窗內養著

一小株綠色盆栽

凌晨三點與我們的女人吵架時

講話

輕聲細語

每個人門廊上

都擺著一小碟食物

到早上總是已被吃光

我們想

應該是

貓吃的。

上等兵

那一天

他們在街上抓走我朋友

他身穿洛杉磯公羊隊的長袖運動衫

兩邊袖子都

剪掉了

運動衫下面

穿著上等兵的

陸軍襯衫

還戴著綠扁帽

走路都走直線

他是身穿褐色短褲的黑人

頭髮染成金色

從未騷擾別人

他的確偷過幾個嬰兒

逃走時還咯咯笑
但總是會毫髮無傷地
還回去
「性愛接待室」
的女孩們
晚上讓他在後面借住。
奇怪的地方
反而都比較有同情心。

某天我沒看見他。
另一天
我便四處打聽。

我的稅金又要
調漲了。州政府會
為他

供吃供住，條子把他
抓了起來。不
妙。

愛是來自地獄的狗

像起司的腳丫

像咖啡壺的靈魂

一雙手討厭撞球桿

一雙眼像迴紋針

我喜歡紅酒

坐在飛機上我很無聊

地震發生時我安靜平靜

葬禮上我打瞌睡

遊行時我嘔吐

下棋時、做愛時、照顧別人時

我有犧牲奉獻的精神

教堂裡我聞到尿味

我再也讀不了書

我再也睡不了覺

一雙眼像迴紋針

我的綠色雙眼

我喜歡白葡萄酒

我那盒保險套快要

過期了

戰神牌保險套

我拿出來

上油

希望讓觸感變好一點

我拿出來

戴上三個

我臥室的牆壁是藍色的

琳達妳去哪裡了？

凱瑟琳妳去哪裡了？

（妮娜去了英格蘭）

我有腳指甲剪

還有穩潔玻璃清潔劑

綠色眼睛

藍色臥室

像機關槍的大太陽

這一切就像

午後三點三十六分

有隻海豹被困在油膩膩的岩石之間

被長灘市樂旗隊包圍

我身後雖沒時鐘

卻聽得見滴答聲響

我感覺到左鼻翼

有東西在爬：

是我對飛機的種種回憶

我媽有假牙

我爸有假牙

他們每週六

都是把屋裡的地毯拿起來

幫硬木地板打蠟

然後再把地毯鋪回去

妮娜在英格蘭

艾琳在吃抗憂鬱藥

我則是帶著我的綠色眼睛

躺在藍色臥室裡。

我的女粉絲

上週六我在聖塔克魯茲⁰郊外的

紅杉樹林朗讀詩作

時間進行到剩下四分之一時

我聽到有人持續高聲喊叫

一個年輕

美眉朝我衝過來

身穿長袍 而且 一雙電眼像冒火

她跳上舞台

大聲喊叫：「我要你！

我要你！上我！

上我！」

我說，「喂，滾一邊

去吧。」

但她拉扯著我的

衣服不放，身體一直

貼過來。

「以前，」我問她，

「我一天只能吃一根巧克力棒

寫短篇故事投稿給

《大西洋月刊》的時候，

妳怎麼不叫我上妳？」

她一把抓住我的懶趴

幾乎被扯下來。她卯起來親我

嘴巴味道像剛吃過大便。

兩位女士

跳上舞台

把她拽下來

帶進杉林裡。

我開始朗讀下一首詩

還是聽得見她的喊叫聲。

我心想，也許我真該

在眾目睽睽之下

在舞台上直接上了她。

但到底是好詩

或者強酸

誰能確定呢？

他問我，如果你現在是創意寫作老師，你會跟學生說些什麼

我會說，去談一場苦戀吧

讓自己得痔瘡，把牙齒搞爛

多喝廉價葡萄酒

別看歌劇、打高爾夫、下西洋棋

常常更換床鋪位置

讓床頭頂著不同牆面

然後我會說

再去談一場苦戀吧

還有千萬別使用絲質的

打字機色帶

也不要去參加家庭野餐

或讓人在玫瑰花園裡

幫你拍照；

海明威只要讀過一遍就好

跳過福克納

別理果戈里[10]

好好欣賞葛楚・史坦[11]的照片

在床上用麗滋餅乾

配舍伍德・安德森[12]的小說

然後終於了解那些整天

嚷嚷著性解放的傢伙

其實比你更害怕性解放。

避開所有的

朋友、親戚，也別工作

搬到某個奇怪小鎮

在房裡摸黑抽德蘭姆公牛牌[13]的菸草，

聆聽收音機傳來比格斯[14]的管風琴樂音，

嘗嘗一天後就要繳房租

的滋味。

千萬別認為你自己比別人高一等

或能平起平坐，或兩者皆是

也千萬別去這樣嘗試。

然後再談一場苦戀。

看著蒼蠅在夏日的窗簾上飛舞

千萬別試著出人頭地。

別打撞球。

發現汽車爆胎時發飆

而且要覺得自己有充分理由。

可以吃維他命但別做重訓或慢跑。

這一切都做過後

再倒過來做一遍。

談一場甜甜的戀愛。

你也許會發現

一個道理：

誰都不可能搞懂任何道理——

無論是州政府，或老鼠

是花園裡的水管，或北極星。

如果我真的被你抓到

我在教創意寫作課

那你就把這首詩唸給我聽

我他媽就會

二話不說

每一科都給你一百分。

---

[10] Nikolay Gogol（1809-1852），俄國現實主義小說家。

[11] Gertrude Stein（1874-1946），美國現代主義作家與詩人，被稱作文壇教母，曾說過海明威是「失落的一代」。

[12] Sherwood Anderson（1876-1941），美國知名現代主義小說家，被譽為美國文學之父。

[13] Bull Durham。

[14] E. Power Biggs（1906-1977），美國知名管風琴演奏家。

美好人生

屋子裡住了七、八人
一起
分攤房租。
裡面有一台沒用過的音響
一對沒用過的
手鼓
一扇扇窗戶都用
毯子遮起來
我們一邊抽菸
活跳跳的小強
一邊在襯衫的
鈕扣上跟蹌爬動
滾下來。

天色晚了，有人出去

覓食。吃完後

睡覺。所有人全都立刻

睡著：在地板、茶几、

沙發、床鋪上，在浴缸裡。

甚至有個睡在外面的矮樹叢裡。

有個傢伙醒來

對大家說，「喂，我們

捲一管來抽吧！」

其他幾個也醒了。

「當然好。沒問題。OK

啊。」

「好啊。那就來吧，誰能

捲個兩、三管菸。

來抽吧！」

「耶！開抽了！」

我們抽了幾管

又繼續睡

只不過睡覺的位置大搬風：

睡浴缸跟沙發的人

睡茶几跟地毯的人

睡床跟睡地板的人互換

睡外面矮樹叢的換成另一傢伙

還有我們也還沒找到派帝・赫斯特[15]

而且提姆不想跟

艾倫講話。

[15] Patty Hearst，美國報業大亨 Willam Randolph Hearst 之孫女。1974 年被美國恐怖地下組織 SLA 綁票，家族支付龐大贖金後卻仍未釋放下落不明，不久後被發現加入組織並犯下搶案遭逮補。

希臘佬

住在前院那傢伙
不會説英語，他是希臘佬
看起來又笨又醜
的男人。

我房東會畫畫，
不是很厲害。

他給那希臘佬看一幅畫。

希臘佬外出購買
畫紙、畫筆、顏料。

他開始在自己的前院作畫

把幾幅作品留在院子裡

晾乾。

希臘佬不曾畫畫——

但竟然畫出：

> 一把藍色吉他

> 一幅街景

> 一匹馬。

他挺厲害的

才四十幾歲

厲害。

他找到

樂子了。

他現在

很快樂。

接著我心想，他會不會變成
非常厲害？
我心想，難不成我還得繼續看他
作畫？

飛黃騰達後，女人找上門，
女人、女人、女人
然後開始墮落。

我幾乎可以聞到他左手邊開始有
吸血鬼在排隊。

你看，
我不就已經開始巴著他了嗎？

我的同志們

有人是教書的
有人跟媽媽住
有人的贊助者是喝酒喝到臉色紅通通
的無腦老爸。
有人是安公子，被同一個女人
包養十四年。
有人每十天寫出一本小說
但至少自己付房租。
有人四處為家
借睡別人的沙發，喝酒後
高談闊論。
有人用影印機自己
印書。
有人住在好萊塢某家旅館的

廢棄淋浴間裡。

有人似乎知道如何四處申請補助，

每天有填不完的表格。

有人就是有錢，住在豪宅

也有最好的門路。

有人能夠跟威廉·卡洛斯·威廉[16]

吃早餐。

還有人在教書。

另一個也是教書的。

還有人出版寫作的教科書

用不可一世的殘酷語氣教訓別人。

他們無所不在。

大家都是作家。

幾乎每個作家都是詩人。

詩人詩人詩人 詩人詩人詩人

詩人詩人詩人 詩人詩人詩人

下次電話鈴響

打來的就是詩人。

下次出現在門前的

也是詩人。

這個在教書

那個跟媽媽住

另一個在寫關於詩人龐德

的故事。

喔，弟兄們，我們是最變態

最低等的人類。

[16] William Carlos William（1883-1963），美國現代主義詩人暨小說家。

靈魂

喔，他們有多擔心我的

靈魂！

我收到許多信

電話響個不停……

「你沒事吧？」

他們問我。

「我不會有事，」我說。

「我曾經見過很多作家變成窮光蛋，」

他們說。

「別擔心我，」我說。

不過啊，他們搞得我緊張了起來。

我去浴室淋浴

出來後擠掉鼻子上的一顆

痘痘。

然後我走進廚房去做了

一個臘腸火腿三明治。

我曾經窮到只能吃巧克力棒。

現在我為了吃三明治而從德國

進口芥末醬。也許我真有可能

變成窮光蛋。

電話不停響起,信件不斷

寄來。

如果你跟老鼠住在衣櫥裡

吃乾麵包度日

他們就會喜歡你。

還把你

當成天才。

或者，如果你住在瘋人院
或強制戒酒中心
大家就會說你是天才。

又或者你喝醉了，咆哮
罵髒話
把一肚子人生體驗都吐在
地板上
那你就是天才。

相反的，如果你能預付下個月
房租
有錢買新襪子
有錢看牙醫
能跟健康乾淨的女孩求愛
而不是召妓

那你就是失去了自己的
靈魂。

對於他們的靈魂我沒興趣
所以沒開口問。
我想我應該
問問才對。

改變習慣

雪莉斷了一條腿來到城裡

認識一個會抽細長香菸的

老墨

他們在比肯街上某棟公寓

的五樓

同居；

斷腿

不怎麼礙事

他們一起看電視

雪莉總是拄著拐杖

煮飯和做家事；

他們的貓叫做波吉

還有些朋友

一起閒聊運動和尼克森總統

還有該怎樣才能

出人頭地。

幾個月來相安無事

雪莉甚至已經拆掉了石膏

那叫曼奴爾的老墨

在比爾特摩飯店找到工作

雪莉幫曼奴爾的襯衫

縫鈕扣，修補收拾他的

襪子，但後來

某天曼奴爾回家

發現她走了──

沒吵架、沒留下紙條

不告而別，連衣服

跟所有東西都帶走

曼奴爾只能坐在窗邊往外看

隔天

後天

或大後天都

沒能去上班

也沒打電話請假

所以丟了工作

收到一張違停罰單

抽了四百六十根香菸

因為公然酒醉而被逮捕

獲得保釋後

上法庭

認罪。

到了該繳房租時

他搬離比肯街

棄養波吉，搬去與兄弟

同住

他們夜夜喝醉

聊著

人生

　　　有多糟。

曼奴爾再也不抽

細長香菸

因為雪莉常說

他抽菸的模樣

真是

帥翻了。

$$$$$$

我總是跟錢

過不去。

在我工作的地方

快要到發薪日的時候

同事們總是會在公司

食堂裡連吃三天

熱狗

和薯片。

我想吃牛排

甚至去見

食堂領班

要求他提供牛排

但他拒絕了。

我總是會忘記發薪日。

我常常曠職

每到發薪日前

大家總是把薪水

掛在嘴邊。

「發薪日？」我會說，

「見鬼了，今天發薪水？

我連上一張支票都忘記領……」

「聽你在放屁咧……」

「不，不，我是說……」

我會跳起來，一溜煙衝往出納室

結果總是能領到支票

回來時手裡秀出支票

對他們說，

「天啊，我忘得一乾二淨⋯⋯」

不知道為什麼他們總會發脾氣，

然後出納小姐又來發另一張給我

我手裡拿著兩張支票說，

「天啊，兩張支票。」

他們都很

生氣。

我有些同事會

做兩份工作。

最糟糕的那天

下著暴雨

我沒雨衣

所以穿著一件好幾個月沒穿的

老舊夾克

走進公司時遲到沒多久

大家都在工作了。

我摸摸夾克

想找香菸

結果在側邊口袋

發現一張一百五十元支票：

「嘿，你們看，」我說，

「我剛剛發現一張

我不知道自己有的支票，真怪。」

「嘿，拜託別再說

屁話！」

「不，不，我是認真的，沒說假話

我記得那天在酒吧喝醉

就是穿著這件夾克。

我常常被搶，

被搶到怕了……所以把錢

拿出皮夾，在身上到處

藏一點。」

「坐下來工作啊！」

我把手伸進內袋：

「嘿，你們看，這裡有一張

六百塊支票！天啊！

我根本不知道！

我發了！」

「這一點也不好笑，

你這個混蛋……」

「嘿，天啊，又有另一張
六百塊支票！太多了！太太太
多了⋯⋯我就說嘛，
那天晚上我沒有把錢花光啊。
我還以為自己又被搶了。」

我在那件夾克裡裡外外
找錢，「嘿，這裡有一張三百的
還有一百五！天啊⋯⋯」

「你沒聽我叫你坐下
然後閉嘴嗎？」

「我的天啊，我發了⋯⋯我根本
可以辭職啦⋯⋯」

「喂，坐下啦⋯⋯」

坐下後我發現另一張三百元支票

但我沒再

聲張。

我可以感覺到他們巴不得

我去死，但我很困惑，

他們相信這整件事

都是我自導自演

只是為了讓他們

心情變爛，但我根本不想。

發薪前三天

只能靠熱狗、

薯片過活的人

已經夠慘了

我幹嘛呢？

我坐下
身體往前靠
開始
幹活。

外面
持續下著
雨。

坐在車裡嗑三明治

我女兒真是

棒呆了。

我們在聖塔莫尼卡

在我的車裡吃

外帶的輕食。

我說,「嘿,小乖,

我這輩子過得很好,很爽。」

她看著我。

我把頭擺在

方向盤上

身體抖了起來

然後把踹開

開始

假裝嘔吐。

我把身子打直。

她大笑起來

吃起了

三明治。

我拿起四根

薯條

塞進嘴裡

嚼了起來。

那時是下午五點半

外面車輛

川流不息。

我偷偷看她，心想：

我們倆運氣

都很好，

而她的雙眼

因為餘暉

閃爍，
她正咧嘴笑著。

陽壽與午睡時間

我有個朋友擔心自己陽壽將盡

他住在佛瑞斯柯[17]
我住洛杉磯。

他去健身房
舉重
也打沙包。

他覺得自己越老越不中用。

因為肝有問題
他不能喝酒。

他可以做五十下
伏地挺身。

他會寫信
給我
說我是
唯一聽他傾訴
的人。

我會用明信片回信
跟他說，霍爾，沒問題的。

但我不想付錢
上健身房。

下午一點

我帶著一個加洋蔥的

德國香腸三明治

上床。

吃完後

睡午覺

睡覺時

一堆直升機和禿鷹

在我塌陷的床墊上方

盤旋著。

[17] Frisco，位於德州。

跟我以前一樣瘋狂

凌晨三點
喝醉的我正在寫詩

現在如果有個
下面很緊
的女人
就完美無缺了

就在
燈滅之前

凌晨三點十五分
喝醉的我正在寫詩

有些人說我是
名人。

凌晨三點十八分
我幹嘛獨自一人
喝醉寫詩？

他們不懂
我還是跟以前一樣瘋狂
還是會把雙腳伸出
四樓窗外——
像現在
我坐在這裡
腳就是伸出去的

我一邊寫下這些詩句

一邊把雙腳伸出去

樓高

六十八、七十二、一〇一層

感覺都

一樣：

堅忍不拔

沒有英雄氣概，而且

必要

凌晨三點二十四分

坐在這裡

喝醉的我在寫詩。

性感小美眉

開車行經威爾頓大道[18]

看到有個年約十五的小美眉

從我車前走過去

身穿緊身藍色牛仔褲

緊到像是兩隻抓住美臀的手

我停車讓她過馬路

我盯著她扭動的性感曲線

她透過擋風玻璃直直

用一雙紫眼

盯著我

然後從嘴裡

用泡泡糖

吹出泡泡

那是我見過

最大的粉紅色球狀物

這時我正收聽著汽車收音機

傳來的貝多芬樂曲。

她走進一間小雜貨店

就消失在我眼前

獨留我與

老貝。

已經死了

她說，我好想跟亨利・米勒[19]
打一炮
但我去找他時
已經來不及了。

媽的，我說，你們年輕女孩
老是來不及。
今天我已經自尻
兩槍啦。

他的問題跟你不一樣，
她說。順便問一下，
你自己擼管的次數
也太多，為什麼？

我說，都是因為空檔，
寫詩和寫小說之間
有很多空檔
我忍不住啊。

你該等等，她說，
你這人真沒耐性。

妳覺得塞利納怎樣？
我問她。

我也想上他。

已經死了，我說。

已經死了，她說。

想聽點音樂嗎？

我問。

聽聽也不會怎樣啊，她說。

我放艾伍士的樂曲給她聽。

那一晚

我能給她的只有音樂。

我的雙胞胎

我朋友說，嘿，我想讓你認識一下
綽號「衰狗」的哈利，我覺得他好像你
我說，好啊，我們就去了那家
廉價旅館。
大廳裡一堆老傢伙坐著收看
某個電視節目
我們走上樓梯
到二○九號房去找衰狗
他坐在一張椅背用麥稈編成的椅子上
腳邊擺著一瓶葡萄酒
牆上掛著去年的月曆
「坐啊，」他說，
「這世界最大的問題是，
人類都不把別人當人類看待。」

我們看著他慢吞吞地捲起一根
德蘭姆公牛牌捲菸。
「我的頸圍有四十幾公分
誰敢惹我我就殺誰。」
他舔一舔菸紙
吐一口痰在地毯上。
「這裡有家的感覺，想幹嘛就幹嘛。」

「衰狗，你覺得怎樣？」
我朋友問他。

「糟透了。我已經三、四週沒見到
我愛的那個婊子。」

「你覺得她現在在幹嘛，衰狗？」

「喔，我想大概在幫某個
老傢伙吹喇叭吧。」

他拿起腳邊酒瓶
猛灌一口。

「兄弟，」我朋友跟衰狗說，
「我們得先閃了。」

「好喔，時間
就是金錢啊……」

他看著我問說，
「你叫什麼？」

「沙隆斯基。」

「幸會了，小兄弟。」

「彼此彼此。」

我們走下樓
那些老傢伙還在大廳裡
看電視。

「你覺得他怎樣？」
我朋友問。

「媽的，」我說，「他真的
很厲害。好猛。」

這地方看來不賴

她的大腿很粗

笑聲爽朗

什麼都能笑

窗簾是黃色的

完事後

我躺在她身旁

進浴室前

她伸手從床底下

撈出一條薄毯丟給我。

毯子因為

沾過其他男人的精液

硬掉了。

所以我拿被子來擦。

出浴室後

她彎腰播放

莫札特的音樂

後面的春光被我看遍。

小女孩們

他站在北加州

某處的講壇後方

朗讀詩已經很久了

那些詩都是在歌頌

大自然還有

人性本善。

對他而言這世界

完美無缺，但誰都不能怪他：

他是個教授，沒去過

監獄或妓院

沒開過在車陣中掛掉的

二手車；

只要三杯黃湯下肚

就會開始

發酒瘋；

沒被搶過、揍過

不曾被痛扁

也沒被狗咬過

蓋瑞‧史奈德[20]跟他通信

也總是客客氣氣

他的臉和藹可親

光滑又溫柔。

他不曾被老婆

也不曾被命運背叛過。

他說，「我再唸

三首詩就會

下台一鞠躬

讓布考斯基接手。」

「喔，別這樣，威廉，」那些身穿

粉紅、藍色

白色、橘色、藍紫色洋裝的小女孩們

紛紛抗議，「喔，別這樣，威廉

再唸幾首，再唸

幾首！」

他又唸了幾首後才說，

「這是我唸的

最後一首詩喔。」

「喔，別這樣，威廉，」那些小女孩

身穿材質近乎透明，顏色紅紅綠綠

的洋裝，她們說，「喔，別這樣，威廉。」

還有些小女孩們身穿上面繡著

小紅心的藍色緊身牛仔褲，

所有小女孩們都説，「喔，別這樣，威廉，
再唸幾首，再唸幾首詩！」

但他説到做到。
唸完後就下台
走人。輪到我上台時
小女孩們在座位上
騷動不安，對我報以噓聲
有幾個對我講的話
我以後會借來罵人。

兩、三週後
我收到威廉來信
他説他**真的**很喜歡我朗讀的詩。
真是個紳士。
那時候我宿醉三天沒好

身穿內衣躺在床上。我丟了信封

跟以前讀小學時一樣

把信紙摺成

紙飛機，

飛機在房間裡盤旋

最後落在舊的《賽馬情報》

和一條沾了屎的短褲之間。

後來我們再也沒有通信。

[20] Gary Snyder（1930- ），美國詩人，1975 年普立茲詩歌獎得主，也是環保運動家。

下雨或出太陽

動物園裡

禿鷹都靜靜坐在

籠子裡的樹上

（三隻都一樣）

樹下的

地上

布滿一塊塊腐肉。

禿鷹都吃太飽。

被我們的稅金

給餵飽。

看看下一個

籠子裡

有個男人

坐在地上

吃自己

的大便。

我認出他曾是

幫我家那一帶送信的郵差。

他老是把一句話

掛嘴上：

「祝您有美好的一天。」

那一天，我過得很好。

冷冷的蜜李

在床上吃著冷冷的蜜李

她說有個德國佬

有錢到擁有整條街

只有訂製窗簾專賣店除外

他想買下

那家店

但女孩們說，門都沒有。

那德國佬的雜貨店是

全帕薩迪納[21]最棒，肉品價格都高

但有那個價值

蔬菜農產品

很便宜

而且也賣花

全帕薩迪納的人都來

光顧

但他還是想買下窗簾店

女孩們還是持續拒絕。

某晚有人目擊某個傢伙

從窗簾店後門衝出來

接著一場火災

讓店鋪幾乎全毀──

她們存貨龐大

試著搶救僅存的貨品

舉辦一場火災大拍賣

但沒有用

終究得把店鋪賣掉

於是德國佬稱心如意

但任憑空蕩蕩店鋪閒置

德國佬的老婆想試著用來開店

只賣小籃子和其他小東西

但也沒用。

一起吃完蜜李後，

我說，「真是個悲傷的故事。」

接著她開始彎腰幫我吹喇叭。

那是傍晚五點半

窗戶都沒關

我的喊叫聲傳遍了鄰近街坊。

[21] Pasadena，加州的一座城市。

女孩們開車返家

女孩們紛紛開車返家
我坐在窗邊
欣賞。

穿紅色連身裙的女孩
開白車
穿藍色連身裙的
開藍車
穿粉紅色的
開紅車。

穿紅色連身裙的女孩
從白車出來
我欣賞她的美腿

穿藍色連身裙的女孩

從藍車出來

我欣賞她的美腿

穿粉紅色連身裙的女孩

從紅車出來

我欣賞她的美腿。

從白車出來的

紅色連身裙女孩

一雙腿最美

從紅車出來的

粉紅色連身裙女孩

一雙腿只是普普通通

但那從藍車出來的

藍色連身裙女孩讓我難以忘懷

因為我看見她的內褲

這世上有多少人知道
午後五點三十五分的人生
能有這麼興奮的事啊？

某次野餐

讓我想起
我曾跟酒鬼小珍
同居相愛
七年之久

我爸媽都討厭她
我討厭我爸媽
我們四人
真是絕配

某天我們一起
去山區
野餐
玩玩牌喝啤酒

吃馬鈴薯沙拉

他們終於把她當人
對待

大家都笑得開懷
我除外。

後來回家後
我邊喝威士忌
一邊跟她說
我不喜歡他們
但喜歡他們
善待妳。

你他媽是個笨蛋，她說，

你沒看出來嗎？

看出來什麼？

他們一直盯著我的啤酒肚，
以為我懷孕了。

我說，喔，這杯敬我們漂亮的
小孩。

敬我們漂亮的小孩，
她說。

我們都乾杯。

便盆

我去過的很多醫院
牆上總是掛著十字架
十字架後面有泛黃發黑的
稀疏棕櫚葉

這徵兆是要人們接受大限來到

但真正令人心痛的
是屁股下的冷硬
便盆
彷彿訴說著：你的死期近了
你就該坐在
這讓人討厭的東西上
小便大便

都靠它

病榻旁

一家五口來幫

另一張床的病人打氣

但其實已經無可救藥

得了心臟病

癌症

或者一般要人命的病症

便盆宛如無情岩石

以可怕的方式嘲諷人

因為拖著奄奄一息的病體

去廁所後回床上，根本是活受罪。

你已經受過那種罪了

但現在院方把病床兩側護欄升起：

你覺得自己待在嬰兒床上

用來等死的小小嬰兒床上

等護士回來

已經是一個半小時後

發現便盆裡沒東西

就會用最冷酷的表情

盯著你

這就像，儘管你離死期不遠

任誰都還是得做那些

最最平常的事

一遍又一遍。

但如果你不爽

那就放輕鬆

所有的屎尿

都解放在

床單上

然後你就會聽見

不只是護士

還包括其他病人

對你……

關於臨死這件事

最讓人受罪的部分

就是旁人總希望你能

控制自己的屎尿

像把火箭射入夜空。

有時候的確可以

但等到你需要子彈與槍

抬頭一看

你會發現

頭頂那些與按鈕相連的

電線

多年前就已經

被喀嚓一聲

剪斷

廢棄

已經

變得

跟便盆一樣

沒用了。

輸家的風範

臉色紅潤

的年邁

德州佬

在洛杉磯

的賽馬場裡

跟一群人

閒聊。

時值第四場賽事

他已經準備

離開：

「嘿，大伙兒再見了，

願上帝保佑你們

明天

見啦……」

「真是個好人。」

「是啊。」

他正要去

停車場

開他那一輛

十二年的老車

然後開回

他住的寄宿公寓

他的房間

沒有廁所

也沒浴室

他的房間

只有一個窗戶

窗上的紙窗簾破破爛爛

房外

那一道水泥牆也破破爛爛

牆上用噴漆畫上的塗鴉

「作者」是一群墨西哥裔不良少年

脫鞋後

他會

上床待著

房裡昏暗

但他不會

開燈

他沒有事情

可以做。

成功與失敗的藝術

來自遙遠的墨西哥

從農夫變成

贏了十四場的拳擊手

其中十三場以「擊倒」取勝

排行第三

後來在一場挑戰賽裡

被一個兩年沒打拳

不在排行榜裡的

黑人拳手給擊倒。

來自遙遠的墨西哥

從農夫變成拳手

酒精與女人

拖垮他。

在一次二度對決中又被擊倒

還遭停賽六個月。

一直以來

他酒瓶不離手

兩度染上性病

一年後他捲土重來

發誓自己已經戒酒

也學到了教訓。

結果他與同一組裡

排名第九的拳手打成平手。

他回歸後又二度對決

但在第三回合就被判

比賽中止

因為他被打到

招架不住。

最後他又回到

遙遠的墨西哥

直接回田裡工作。

也只有像我

這麼厲害的詩人

才能酗酒玩女人

但避開性病

並且把他這種失敗者

的故事寫成詩

同時還把我的排名維持在

前十名：

我來自於遙遠的德國

童年都在工廠裡

成堆的啤酒瓶之間廝混

周遭的電話聲

響個不停。

住在綠色旅館的女孩們

比電影明星

美艷

她們在草皮上

懶洋洋地

做日光浴

其中一個兩腿交疊坐著

身穿短短的連身裙

腳踏高跟鞋

一雙玉腿

美到難以言喻。

她在頭上蓋著一條

印花手帕

抽的菸

細細長長。

路過的車輛放慢速度

幾乎都停了下來。

女孩們不理會

車陣。

這天下午她們

半睡半醒

她們是妓女

沒有靈魂的

妓女

而且她們是奇蹟般的女人

因為她們

從不說謊。

我上了車

等待車流

散去

開車到

對街的綠色旅館

去找我最喜歡的女孩：

她在

最接近人行道的

草皮上

做日光浴。

「嗨，」我說。

她對我翻翻白眼

一雙眼睛彷彿

假鑽。

她的臉上

沒有表情。

我把我的最新
詩集
丟出
車窗外。
書掉在
她身邊。

我把車換到
低速檔，
開車走人。

今晚
那旅館裡會有
很多開懷笑聲。

親切的來電

打電話給我的人
實在太多。
他們逼出了
我的獸性。
真不應該。

我不曾打電話給
克努特·漢森或
海明威或
塞利納。

我不曾打電話給
沙林傑
也不曾打給

聶魯達。

今晚我接到
一通電話：

「喂。您是
查爾斯·布考斯基嗎？」

「嗯。」

「很好，我有一間
房子。」

「然後呢？」

「一間妓院。」

「是喔。」

「我讀過很多本
你的書。我有一艘
船屋停泊在
索薩利托[22]。」

「很棒啊。」

「我想給你我的
電話號碼。
如果你來舊金山，
我請你喝杯酒。」

「好啊，把號碼
給我。」

我寫下號碼。

「我有一間高檔酒店。
主顧都是律師、州議員、
上流社會成員、搶匪
皮條客之類的。」

「如果我有北上
就會打給你。」

「我旗下很多女孩
都會讀你的書。
她們愛死你了。」

「是喔？」
「是啊。」

我們互道再見。

我喜歡

這通電話。

22 Sausalito，北加州濱海小鎮。

屎在滾

離開她的溫暖毛毯

走出她家時

我帶著幾分醉意

還有宿醉

就連自己在哪個城鎮

都不知道。

我沿路往下走

都找不到自己的車。

但我知道車一定停在某處，

最後連我自己

都迷路。

我到處找車，那是週三

早上，往南可以看到

大海。

但喝了那麼多酒：

我已經快要

噴屎。

我往大海

走過去。

只見海邊

有一間棕色

磚屋。

走進去後我發現裡面

有個老傢伙

佔著茅坑

呻吟。

「嗨，老弟，」他說。

「嗨，」我說。

「外面很糟，

對吧？」那老傢伙

問我。

「沒錯，」我回答他。

「需要喝點酒嗎？」

「我從不中午前喝。」

「你的錶幾點？」

「十一點五十八。」

「那只剩兩分鐘囉。」

我擦屁股、沖馬桶、拉起褲子後

走過去。

那老傢伙還是佔著茅坑

還在呻吟。

他指著腳邊一瓶

葡萄酒。

酒已幾乎喝光

我拿起來把剩下那點

喝掉大約一半。

我遞給他一張皺巴巴的

一美元舊鈔

然後走出去

把酒吐在草皮上。

我看著大海

海面看來如此美妙，鯊魚出沒在

一片片藍浪碧波之間。

我離開草皮

回到街上後繼續往下走

下定決心非找到車不可。

找到車時

已經是一小時十五分後

我上車開走

假裝我本來

就知道

車在哪。

瘋狂

我沒有掄起拳頭擊牆
只是坐著
任由一陣陣哭聲
席捲而來。

住在後面那個女人每晚
嚎啕大哭。
有時候郡警找上門
把她帶走一、兩天。

我以為她是因為失去
深愛的人
直到某天她來我家傾訴
自己的身世——

她被某個舞男

騙走了

八間公寓樓房。

她是因為被騙財才嚎啕大哭。

她一邊說一邊開始啜泣

然後，她用她那擦了腐臭口紅

聞起來帶有大蒜、洋蔥味的

嘴唇親我，對我說：

「漢克，沒有錢就沒人愛啊。」

她老了，幾乎跟我一樣老。

她離開時仍啜泣著……

後來某天早上七點半

兩位黑人救護員拿著擔架過來
不過他們敲的是我家大門。

「走吧，老兄，」比較高的
那個説。

「等一下，」我説，「搞錯啦。」

我站在門口，身穿破爛浴袍
還在宿醉
披頭散髮。

「老兄，這是我們接到的地址，
五四三七號，五之二室，不是嗎？」

「是啊。」

「走吧，老兄，別鬧了。」

「你們要找的女士在後面。」

他們倆一起繞往後面去。

「從這扇門過去？」

「不，不是，那是我的後門。從你後面
那一道樓梯上去。是面向東邊那一扇門，
信箱鬆掉的那一戶。」

他們上去後用力敲門。我看著他們把她帶走，
並沒有用擔架。她走在他們倆中間，
這時我心裡浮現的念頭是：他們帶錯人了，
不過我不確定。

一首五十六歲的詩

我跟兩位女士

南下威尼斯[23]

去找古董家具。

我把車停在店鋪後面

跟她們進去。

一座鐘要價三千七，六張椅子兩千一。

我沒再繼續看。

女士們東逛西逛

什麼都看。

她們有品味。

我向其中一位揮手暫別後

走出店外。

那天是週日，酒吧也沒
好到哪裡去
顧客都是金髮年輕人，緊張兮兮
皮膚白皙。
我喝完酒，又去烈酒專賣店
買了四罐啤酒
坐在車裡喝。

喝完第四罐
女士們走出來。
她們問我還好嗎？
我說人生的所有經驗
都各有意義
是她們把我拉出
平常的
愁雲慘霧。

我認識的那一位花三千元
買了一張大理石桌面茶几。
她是自己做生意的，
是個文明人。

而且她認識一位開箱型車
的鄰居
於是我就坐在她公寓裡喝著
一九七四年的黑貓史瓦茲白酒[24]
她和鄰居一起開車下來載那茶几。

後來她想知道我對那茶几
有何看法，我說我覺得還好，
有時候我去賽馬也會白費
三千元。我們在床上看電視
後來那天晚上我射不出來。我想

是因為我一直想著那張大理石茶几。

我很確定。我自己家裡沒有任何古董

大理石茶几，我在家裡幾乎也不曾

在床事上出糗。偶爾會但

非常罕見。我完全不懂

古董生意。

我非常確定那是龐大的

詐騙產業。

漂亮美眉走過墓園——

我碰到紅燈，把車停下
看見她走過墓園——

她走過鐵柵欄
只見柵欄另一頭
有一座座墓碑
與一片綠色草皮。

她的身體在鐵柵欄前方移動
墓碑不會移動。

我心想，
大家都沒看到這景象嗎？

我心想，

她有看見那些墓碑嗎？

如果她看見了

那她的智慧比我高明

因為她似乎完全不理會墓碑。

她的身體有一種

神奇的律動

她的長髮在午後三點的太陽下

光澤動人。

變燈後

她穿越馬路往西走

我也繼續往西驅車。

我把車開到海邊
走出車子
在大海前方四處跑來跑去
跑了三十五分鐘。

我看見到處都有人
他們有眼睛、耳朵、腳趾
與其他身體部位。

大家對周遭似乎都漠不關心。

啤酒

在等待情況變好的過程中

我不知道自己

喝了多少瓶啤酒

在跟女人分手後——

我等待電話鈴響

等待腳步聲,

我也不知道這時喝了多少葡萄酒、威士忌

與啤酒

而且大多是啤酒

但電話鈴聲總是要很久後

才會響起

腳步聲也是要很久後

才會出現。

每當我就要嘔心

泣血之際

她們總會跟新鮮的春天的花朵一樣現身：

「你他媽到底是怎樣糟蹋自己的？

三天後我就會跟你上床啦！」

女性較有韌性

平均壽命比男性

多七年半，而且她們幾乎不喝啤酒

因為她們自知啤酒有害

身材。

就在我們快要崩潰發瘋之際

她們出去跟

飢渴的牛仔們

共舞大笑。

嘿，一袋又一袋的啤酒空瓶

紙袋的底部濕了

每次你拿起一袋

空瓶都會穿過袋底

掉下

滾動

發出噹啷噹啷聲響

沾濕的飛灰

與腐臭的啤酒撒得到處都是

有時候則是紙袋在凌晨四點

翻倒

製造出失戀男人生活中的唯一聲響。

啤酒

多如大江大海的啤酒

啤酒、啤酒、啤酒

收音機唱著情歌之際

電話仍是靜悄悄

牆壁

高高豎立著

唯有啤酒陪伴你我。

藝術家

突然間我變成了畫家。
來自蓋爾維斯頓的某位女孩給我
一千五，買走一幅有個男人
手握拐杖糖
飄浮在昏暗天空中的畫作。

留著一把黑色絡腮鬍的年輕人
來找我
我用兩千四賣給他三幅畫。
我在畫上留下這幾句話——
「噴屎」，或是「說什麼偉大藝術，
都是狗屁，去買塔可餅吧。」

五分鐘內我就能完成一幅畫。

我的顏料是壓克力乳膠，直接用管子
擠出來在畫布上。
我先用左手畫完
左側畫面
再用右手畫
右側畫面。

那絡腮鬍小伙子
帶一個抓刺蝟頭髮型
的朋友回來找我
同行的還有一位金髮女孩。

黑鬍哥還是個混蛋
我賣給他一幅狗屁不通的畫——
一隻橘狗，身體側邊寫著
斗大的「狗」字。

刺蝟頭想要三幅畫

我出價兩千一。

他沒錢。

畫先擺我這裡

但他保證會送一位

叫茱蒂，身穿吊襪帶

腳踩高跟鞋的女孩給我。

他已經跟她介紹過我：

「他是世界級畫家，」他説。

她一聽就説，「喔，不！」

隨即把連身裙往頭頂脱。

「成交！」我跟他説。

接下來我們協商條件

我要先上她

再叫她幫我吹喇叭。

「先吹再上，可以嗎？」

他問。

「那不行啊，」

我說。

我們最後還是達成協議：

茱蒂會過來找我

完事後

我給她那

三幅畫。

所以我們又

回歸以物易物的社會

只有這樣才能

不因通貨膨脹而吃虧。

只不過

我想要推動一場

「男性解放運動」：

跟某位女性做愛後

我會要她給我三幅

她的畫，

如果她不會畫畫

那留給一對金耳環

也可以

或者是某個畫家的

耳朵

讓我留念。

我家老頭

十六歲那年
美國還是經濟大蕭條期間
我常在醉醺醺返家時
發現我的所有衣褲
包括短褲、襯衫、長襪
行李箱和一張張我寫的
短篇故事手稿
被人丟在我家前院草皮上，
散落街邊。

我媽總是
在一棵樹後面等我：
「亨利，亨利，
別進去……他會

殺了你，他讀過
你的故事了⋯⋯」

「我可以痛扁
他一頓⋯⋯」

「亨利，這錢你
拿著⋯⋯自己去
找個房間住吧。」

但老爸擔心
我可能無法
完成高中學業
所以總會讓我
回家。

某天晚上

他拿著幾頁我寫的

短篇故事稿子走進來

（我從沒有

拿給他看過）

他說，「這故事

很棒。」

我說，「是嗎？」

他拿給我

我讀了起來。

那故事述說著

一天晚上

某個有錢人

與老婆

吵了一架後

離家喝咖啡

他看著

女服務生與湯匙

與叉子與

鹽罐與胡椒罐

與窗邊的

霓虹燈招牌

然後回家

到馬廄去

看看他的愛馬

摸摸牠

沒想到卻

被馬一腳

踹頭而死。

儘管我在

寫故事時

壓根不懂

自己

在寫什麼

不知為何

對他來講卻

很有意義。

所以我跟他說，

「好吧，老爸，

這故事你就留著吧。」

他拿著故事

走出去

幫我關上門。

我想

這是我倆畢生

最親近的一次。

恐懼

我停好我的福斯後

他叼根菸

朝我走過來

身體

搖來搖去

咧嘴笑著。

「嘿，漢克，我發現

最近出入你家的女人⋯⋯

都是美女啊。看來

你混得

不錯喔。」

「山姆，」我說，「狗屁啦。

我是最孤獨的
上帝子民。」

「我的性愛接待室裡
有些好貨色
你該來試試看。」

「我害怕那種地方,
山姆,我不敢進去。」

「那我可以派個女孩去你家,
正妹喔。」

「山姆,不要派妓女到我家,
我每次愛上的
都是妓女。」

「好吧，兄弟，」他說，

「如果你改變主意

就跟我說一聲。」

我看著他走開。

有些人在自己的圈子裡

一直都是最厲害的。

我總是對此感到

非常困惑。

他可以把人

拗成兩半

但卻不知道

誰是莫札特。

反正

在週三的

雨夜裡

有誰想

聽音樂呢？

到處都是小老虎

皮條客山姆穿著一雙

走起來吱吱作響的鞋

他在院子裡

走來走去

一邊發出吱吱聲響

一邊跟貓講話。

他是個體重一百四十公斤的

殺手

卻會跟貓講話。

他負責管理色情按摩店

的女孩們，但沒女友

也沒車

不酗酒也不嗑藥

他最大的缺點只有

喜歡嚼菸

還有餵食

附近所有的貓。

有些貓

懷孕了

所以最後

貓越來越多

搞得每次我開門

就會有一、兩隻貓

衝進我家

有時候我忘記把貓趕走

牠們就會在我床底拉屎

或害我在半夜

被聲音驚醒

從床上跳起來

拿著刀偷偷走進廚房

結果發現是山姆的貓

在洗手槽上走動

或坐在

電冰箱上。

街角那一間「性愛接待室」

是山姆經營的

他的女孩們

頂著太陽站在門口

紅綠燈紅了又綠

綠了又紅

山姆的每一隻貓

都帶著某些寓意

就像每個白天與晚上也是。

詩作朗讀會後：

「……我看過有些人坐在
打字機前緊張兮兮
緊張到如果想要大便
腸子會直接從
屁眼噴出。」

「啊、哈哈哈、哈哈哈！」

「……寫作也能把自己搞成那樣
實在太糟糕。」

「啊、哈哈哈、哈哈哈！」

「企圖心很少與天分

有關係。運氣是最棒的，
天分則是一跛一跛
稍稍落後在運氣後面。」

「啊、哈哈。」

他站起來與一位十八歲處女一起離開，
在所有男女合校的女學生中
她最美。
我闔起筆記本
站起來
在他們身後不遠處
跛著腳跟隨。

我寧願是鶴鳥

有時候這世界把你搞得
慘兮兮

讓人常常寧願自己是一隻
在碧藍的水中

用單腳站立的鶴鳥

但自古以來
有個道理
是無人不知
無人不曉的：

誰都不想當一隻

在碧藍的水中
用單腳站立的

鶴鳥

鶴鳥感受不到
足夠的悲痛

還有

就算勝利
也無法高興

鶴鳥不能
買春

或

挑某天中午在蒙特瑞[25]

上吊

這一類

事情

只有人類辦得到

而且人類也能

單腳站立

---

[25] Monterey，加州的一個郡。

金質懷錶

我祖父是個德國高個兒

有點口臭。

他總是在小屋前

站得直挺挺

他老婆痛恨他

孩子們覺得他是怪人。

我六歲才與他初見面

他把他所有的戰功勳章都給我。

第二次見面

他給送給我他的金質懷錶。

懷錶很重，我拿回家後

把發條鎖很緊

沒想到錶就不走了

這讓我心情不佳。

我再也沒看過他

爸媽也不曾提他

而且先前早已

與他分居的祖母

也是這樣。

有次我問起祖父

他們說

他是酒鬼

但我最喜歡他

在小屋前

站得直挺挺

跟我說，「哈囉，亨利，

我們倆

彼此認識喔。」

海灘之旅

皮膚曬成可可色的

猛男

肌肉男

坐在

海灘上

身邊擺著

一堆毒品

動都沒動過

他們坐著

任由海浪打上岸

又退去

他們坐著

任由股市

讓人賺大錢

然後妻離子散

他們坐著

任由別人把按鈕用力一按

把他們皺巴巴的脖子

變成一根根

焦黑的

火柴棒

他們坐著

任由綠色旅館裡有人自殺

空出房間

他們坐著

任由歷任美國小姐

為了看到鏡中的皺紋

而啜泣

他們坐著

他們坐著看起來

比猿猴還沒活力

我的女人停下來

看著他們：

「哇鳴、哇鳴、哇鳴，」

她說。

海浪打上岸

又退去之際

我跟我的女人走開。

「那些傢伙不太

對勁，」她説，

「到底哪裡有問題？」

「他們只愛

自己。」

海鷗盤旋空中

海浪打上岸又退回去

我們一走了之

獨留他們

在這一刻

在海鷗盤旋的天空下

在海邊

在沙灘上

浪費自己的
時間。

為擦鞋匠寫的詩

一隻隻蝸牛攀上聖塔莫尼卡的懸崖

牠們擅長保持平衡；

到西區大道的色情按摩院去

有女孩子在耳邊嬌聲說，「嗨，寶貝！」

的人是「性運」的。

人到五十五歲還有五個女人可以愛

是奇蹟，

而且如果你只愛其中一個

就能得到幸福。

如果你女兒比你更溫柔，

笑聲比你好聽，

那會是天賜禮物。

所謂祥和，則是像個青少年般

開一輛六七年的藍色福斯上街

穿越車陣

聽的收音機節目叫「最愛你的主持人」

感覺著陽光，感覺著改造引擎

發出扎實的嗡嗡鳴響。

所謂的福氣就是懂得喜歡搖滾樂

交響樂、爵士樂……

喜歡任何能讓你感受到

源源不絕喜悅的東西。

有可能

你自己會陷入

深深的憂鬱

困在堅固石牆之間

一聽見電話聲

或任何人接近的腳步聲就憤怒；

但另一個隨之而來的可能性——

則是歡快高漲的情緒——

這讓你覺得超市收銀台的女孩

看起來

像性感尤物瑪麗蓮·夢露

像還沒跟哈佛情人在一起的賈姬[26]

像我們都曾跟著她回家的

高中女同學。

這一切讓我們相信

世界上除了死亡還有別的事物是確定的：

有人開著車朝你過來

因為街道太窄

他（或她）懂得把車靠邊禮讓你；

或是像拳擊手鮑爾·傑克[27]

在夜夜笙歌

酒池肉林
被酒肉朋友吃垮之後
千金散盡
又回去當擦鞋匠
一邊哼歌，對皮鞋吹氣，
一邊用破布擦鞋
抬頭看著客人說：
「管他去死，總之我
風光過。這比其他什麼
都重要。」

有時候我感到悲苦
但通常來講甜蜜的滋味
居多。只是我不敢
說出口。這就像是
你的女人說，

「我要聽你說愛我，」但

你卻辦不到。

原汁原味的布考斯基

——陳榮彬·臺灣大學翻譯碩士學位學程專任助理教授

搖滾樂界的精神導師，也是瑞蒙·卡佛的英雄，歐洲人為之瘋狂

一九九三年，美國佛羅里達州有個名為 Hot Water Music 的搖滾樂團成立，名稱取自美國作家查爾斯·布考斯基（Charles Bukowski）於一九八三年出版的短篇小說集《進去，出來，結束》（*Hot Water Music*，直譯為《苦水音樂》）。二〇〇七年一個法國的搖滾樂團問世，更將團名直接取為 Bukowski，向他們最愛的作家致敬。其他如知名美國搖滾樂團

嗆辣紅椒（Red Hot Chili Peppers）、謙遜耗子（Modest Mouse）、火山合唱團（Volcano Choir），還有英國搖滾樂團北極潑猴（Arctic Monkeys）等大大小小的樂團不勝枚舉，以及嘻哈歌手等音樂人在創作上皆曾受到布考斯基的啟發，例如在歌詞中引用、仿擬他的詩作，或在歌曲中放入他飽經歷練、韻味十足的唸詩聲。

如此看來布考斯基簡直是搖滾樂界的精神導師，推想他為什麼會受到不同國家、各類音樂人的愛戴，不難發現，原因在於：布考斯基的詩雖不作押韻，但因寫得簡潔且充滿劇情張力，讀來自有一種獨特的音樂性與節奏感，就像殿堂級搖滾樂手 U2 主唱波諾（Bono）說的：「剛從愛爾蘭到美國發展時，我愛上美國文學，特別是布考斯基，他的文字讓我發現新的寫作風格，一種和音樂更加貼合、直接

和豐富的語言。」更甚者,他也是美國文壇反叛精神的代表人物,與搖滾精神不謀而合。葛萊美獎另類搖滾歌手湯姆·威茲(Tom Waits)說過他喜歡布考斯基的創作角度:「他寫下他所觀察的黑暗角落,也一直誠實地寫他當下的生活。」除此之外,他也真心喜歡各種音樂,特別是古典音樂,包括蕭邦、貝多芬、莫札特、布拉姆斯、布魯克納與柴可夫斯基等人的,這些都體現在本詩集例如〈叫我蕭邦·布考斯基〉,還有〈為擦鞋匠寫的詩〉寫道的:「所謂的福氣就是懂得喜歡搖滾樂/交響樂、爵士樂……/喜歡任何能讓你感受到/源源不絕喜悅的東西」。

不僅如此,布考斯基還曾被美國最偉大的短篇小說家瑞蒙·卡佛(Raymond Carver)視為「英雄般的存在」,在公開訪談中訴說自己年輕、剛走上創作之

路時對他的無限崇拜。十多年後兩人在一場派對相見後，瑞蒙‧卡佛便寫下一首詩〈你不知道愛是什麼（一個有布考斯基的傍晚）〉（*You don't know what love is [an evening with Charles Bukowski]*）獻給布考斯基。

一九六〇年布考斯基五十歲寫下、僅花費三週時間、人生第一本正式出版的小說《郵局》（*Post Office*），以獨特文字風格、瘋狂且真實的故事在歐洲爆紅至今，對比當時相對保守的美國，他在那近乎是家喻戶曉如巨星一般，特別是在德國。一九七八年他在歐洲各地巡迴與讀者見面，還帶了一位隨身攝影為他紀錄整段旅程，那時爆滿的朗讀會無數女粉絲向他扔胸罩，他還喝得醉醺醺上了法國的電視台，回美國後他將此段歷程寫成一本《這事莎士比亞不做》（*Shakespeare Never Did This*）。

美國最偉大寫實作家,從流浪打零工、郵局投遞員到五十歲專職寫作

一張坑坑疤疤如飽經風霜獅子般的面貌[1],布考斯基以輕淡的口吻描述難堪、暴力、創傷和悲慘無助,用極為口語且粗俗的語言描寫生活大半輩子的洛杉磯的毀滅性景象。自傳式寫作,沒有隱喻沒有虛假,一切真實無所遁逃,他的文學來自他的生活。

出生於一九二〇年,布考斯基的父親是德裔美國大兵,在德國結識他母親,他三歲才隨同父母回美國洛杉磯定居。一九四〇年代中期於洛杉磯城市學院肄業後,他為了逃離父親的暴力決心流浪美國各

---

[1] ravaged lion,布考斯基的第二任妻子芭芭拉·弗萊(Barbara Frye)在兩人相識之初說自己天生脖子只有一塊骨頭,為此自卑希望布考斯基別介意,他便回覆自己的臉如「飽經風霜的獅子」。

地，此後長達十年過著浪蕩窮苦的生活，做過洗碗工、倉庫管理員、屠宰廠工人、停車場保全、船務工、卡車司機、餅乾工廠工人、加油站人員等，並在無數廉價旅館寫作，還染上酗酒和賭馬的惡習，然而，這段經歷成了他極重要的創作養分。

三十二歲時找到郵局的全職工作，三年後差點死於胃潰瘍出血而短暫離職，休養期間布考斯基幡然悔悟重新開始投稿、大量寫詩，不久後便復職。一九六六年，他結識了黑雀出版社（Black Sparrow Press）創辦人約翰·馬丁（John Martin），可視為他文學生涯的轉捩點。當時布考斯基仍無法靠寫作為生，必須在郵局工作，直到一九六九年情況才改觀，在這一年，他的詩入選企鵝出版社現代詩人叢書（Penguin Modern Poets Series）的第十三冊，黑雀出版社則幫他出了詩集《歲月如野馬奔越山間》（*The*

Days Run Away Like Wild Horses over the Hills），同時馬丁答
應一個月支付他一百美金的寫作津貼，讓他得以離
開前後共十八年的郵局工作生涯，專心創作。而
後他陸續廣受各界邀請舉辦朗讀會和演講，傳奇
一生使好萊塢拍攝其傳記電影《夜夜買醉的男人》
（*Barfly*）。一九九四年因白血病病逝於加州聖派卓
（San Pedro）。他畢生寫過幾千首詩、幾百篇短篇小
說、六部長篇小說，總計出版過四十多本書，就像
一部影集，或者漫畫，持續更新不斷，多產的他因
而得到名號「小雜誌之王」（king of little magazines）。

女人、性、賽馬、酒精與寫作，還有直白粗野的口
語文字 —— 以《愛是來自地獄的狗》為例

一九八六年《時代雜誌》四月號上有一篇文章將布

考斯基譽為「美國底層人生的桂冠詩人」（laureate of American lowlife），而他的作品被歸為「骯髒寫實主義」（Dirty Realism），原因在於布考斯基的文字狂放不羈，從不避諱髒字、髒話、性器官，也大量談及性愛、酗酒、嗑藥等經驗，傾訴自己的愛情觀與戀愛經驗，或者透露文學觀與審美（女）觀，還有對人生、人性與社會思考。字裡行間在在顯示出他是個極度厭女[2]但卻少不了女人，生活邋遢、不修邊幅但卻又喜歡聽古典樂的「猥瑣老傢伙」[3]。事實上，從《愛是來自地獄的狗》這本詩集看來，詩人布考斯基還是有些深邃的思想，總計一百六十首詩

---

[2] 關於厭女的指控，布考斯基曾和演員老友西恩 ・ 潘（Sean Penn）聊過，他的回答僅僅是：「我對男人更壞」（I treat man worse every time）。

[3] dirty old man，取自於布考斯基集結地下報紙《開放城市》（Open City）專欄文字而出版的《猥瑣老傢伙手記》（Notes of a Dirty Old Man）。

寫於他五十四至五十七歲時，每首詩都像是一則短篇故事，敍事性強烈，寫他未曾停止的五個生命主題：女人、性、賽馬、酒精與寫作，也寫死亡與生的恐懼於心中狂噪不止。

布考斯基大半輩子都在美國的底層社會打滾，堪稱美國窮苦白人的代言人。例如他在〈柔順才能剛強〉裡面對那些只能在工廠工作、沒有其他出入的男人深表同情，詩末寫道：「有些自殺案根本沒／留下紀錄」，充分反應窮苦藍領階級人生沒有出路的無奈心聲，「choking while living / choking while laughing」——活著感到窒息，就算大笑也感到窒息。在〈壕溝戰〉裡以「聲音」為切入點寫貧窮人住所逼仄絲毫沒有私人空間：「這就是窮人／的悲哀：／我們必須忍受／彼此的聲音干擾。」唯在死後方得到安寧：「總有一天他們／都會死去／總有

一天他們／會待在／自己的棺材裡／安安靜靜／待著」，他所能倚靠的就是音樂：「但現在／播放的是巴布·狄倫　巴布·狄倫　巴布·／狄倫／一直都是。」

酒鬼如布考斯基當然會寫許多歌頌美酒的作品，這同時也反映出他寂寥的心情，例如〈啤酒〉：「啤酒／多如大江大海的啤酒／啤酒、啤酒、啤酒／收音機唱著情歌之際／電話仍是靜悄悄／牆壁／高高豎立著／唯有啤酒陪伴你我」。布考斯基有過三段婚姻，在六十五歲時晚年時與最後一任妻子琳達·李（Linda Lee）定下來之前，他的情人無數，時間有長有短，更多是只有一夜情，可以歸因於他對愛情的不信任，就像他在某次訪談時所說：「愛如晨霧，等到真實人生像曙光一樣乍現，馬上消失殆盡。」或在〈短暫的（性）關係告

終〉裡他用更直白的鮮活語言說：「精液都還沒乾掉／愛情就已經消退啦」。對他來講，愛情是一次又一次的「尋尋覓覓」（the eternal search，引自〈另一張床〉）。他還說，「沒有人找得到／靈魂伴侶／但誰不是／一邊跟人睡／一邊／尋找？」（〈我獨自，與每個人在一起〉）也因為從小嚴重痤瘡問題，包含臉部、前胸後背還有手臂，導致布考斯基對外貌極不自信。二十三歲時他將第一次性經驗給了「一百三十六公斤的妓女」，往後因寫作名氣愈加高漲，女性開始追隨他，他順勢探索、經歷女性的世界，琳達・李稱這段歷程為「女人研究」，他自我解讀那不過是種彌補，並為此感到羞愧。

「但現在女友們都不在身邊／也沒賽馬／可以賭／要幹嘛呢？」（〈啊……〉）五〇年代中期宣稱為了女友開始戒酒轉而沉迷賽馬的布考斯基，除了希

望贏得獎金讓他能辭掉郵局工作以全職寫作，他也解釋為什麼喜歡待在賽馬場，甚至為此跑遍全國：「在賽馬場裡，有數百張臉孔，每個人都有一個想贏的夢：擁有巨大財富。能看到他們想要什麼、他們沒有得到什麼，以及將會發生什麼事。」譬如〈冬天〉，他說他為了趕去賽馬贏錢救不了一隻被車撞傷的肥胖大狗，只能任由那狗「在那裡獨自死去 / 對街的 / 購物中心裡 / 女士們 / 正在撿便宜 / 而冬天的初雪則是 / 悄悄飄落 / 馬德雷山」。他對生靈感到同情之餘，竟也帶有一點禪味。闡述對死亡的見解讓底層之人感同身受，讓理性之人為之震撼，就像約翰・馬丁當初發掘他時所說：「無論你是什麼身分都會喜歡他的作品。」

簡練直白的口語語言使知名文學評論家約翰・威廉・科林頓（John William Corrington），以及德文翻

譯家卡爾・魏斯納認為布考斯基就像法國詩人韓波、英國詩人華茲華斯（William Wordsworth），是文學史上將詩歌從學術性的陳腔濫調中解放的重要一員。呼應布考斯基最有名的一首詩〈藝術〉（*Art*）：「當靈魂消失時／形式就出現了」（As the spirit wanes / the form appears）。

譯介最髒也最深情的布考精神，他是歷久不衰的瘋狂作家

過去臺灣曾出版過布考斯基最具代表性的短篇小説集：《進去，出來，結束》、《鎮上最美麗的女人》（*The Most Beautiful Woman in Town*）、《常態的瘋狂》（*Tales of Ordinary Madness*），以及短篇小説與詩作的合輯《布考斯基煮了七十年的一鍋東西》（*Septuagenarian Stew:*

Stories & Poems），但因時隔近十五年前，目前全都已
經絕版。非常感謝啟明出版讓我能藉此機會將布考
斯基重新譯介到國內。由於這是我在翻譯過五十幾
本書後第一次翻譯詩集，嘗試使用較實驗性的翻譯
方式呈現作者深受海明威影響 [4]，既簡潔又充滿陽剛
力量，集粗鄙、粗魯、粗暴、粗糙、粗野、粗獷等
各種氣質於一爐，但有時卻又不失幽默、細緻、深
情的特殊文字風格，充滿了布考斯基的原汁原味。

---

[4] 《愛是來自地獄的狗》裡面有五首詩提及海明威。布考斯基在
《開放城市》的個人專欄「猥瑣老傢伙手記」的第一篇文章便
是為他最鍾愛的作家海明威寫書評。

各界評論

美國底層人生的桂冠詩人。

——《時代雜誌》

我最喜歡他的地方在於，他為街頭的普通人寫作，觀察沒有人想看的黑暗角落，他本身屬於弱勢群體，並為那些無法發聲的人發聲。

——搖滾歌手、演員｜湯姆・威茲（Tom Waits）

他的故事大多是自傳式的，多關於在一個混亂的世界中犯錯。

——演員｜西恩・潘（Sean Penn）

布考斯基早期的作品如《愛是來自地獄的狗》、

《進去，出來，結束》讓我認識到新的寫作風格，詩的節奏與語言合而為一，使其更為豐富和精準，因為這傢伙的作品就是很直白，不用隱喻、廢話連連，句句砍向你刀刀見骨。

——搖滾樂團 U2 主唱｜波諾（Bono）

欣賞布考斯基的詩，最好的方式不是將其作為個人的口頭文物，而是作為他持續進行中的真實冒險故事，像漫畫或者系列電影，具有強烈的敘事性，畫面來源源不絕的奇聞軼事，裡頭通常包含一間酒吧，一棟廉價旅館，一場賽馬，一個女朋友，或者任何這些元素的排列組合。布考斯基的自由詩是一系列將陳述句拆解成窄短句子的長篇，帶來快速和簡練的印象，即使語言中甚至充滿了多愁善感或是陳腔濫調。

——美國詩人、文學評論家｜亞當‧柯什（Adam Kirsch）

專業的和平破壞者，也是洛杉磯底層社會的桂冠詩人，有著瘋狂地浪漫，堅持輸家比贏家更不虛假，並且對於迷失的一群具有怒火般的悲憫。

——《新聞週刊》，影評人｜傑克·克羅爾（Jack Kroll）

華茲華斯、惠特曼、威廉·卡洛斯·威廉斯和垮掉的一代，在他們各自的世代裡將詩歌推向更自然的語言。而布考斯基又再更推進了一些。

——《洛杉磯時報書評》

生活裡寧靜的絕望在顯而易見的偶然事件和動機不明的怪誕暴力中一一爆炸開來。

——《洛杉磯時報書評》，麥可·F·哈珀（Michael F. Harper）

沒有試圖讓自己看起來不錯，更不用說英勇，布考斯基的寫作具有無所畏懼的真實性，這使得他與絕

大多數『自傳體』小說家和詩人有所不同。他牢牢扎根於美國標新立異的傳統，身處鬆散紛亂的社會邊緣，布考斯基寫得當之無愧。

——《舊金山書評》，作家、翻譯家｜史蒂芬·凱斯勒（Stephen Kessler）

布考斯基就是個奇蹟。他以始終如一、引人注目的風格確立自己的作家地位，人如其作品，這是努力的結果，更是因為那瘋狂、起起落落的生活。

——《村聲》，詩人｜麥可·拉里（Michael Lally）

一個清晰、強硬的聲音；一對傑出的耳朵和眼睛為了測出詩句的長度；一種對隱喻的逃避讓所有活生生的奇聞軼事一再演繹出充滿戲劇性的作品。

——《村聲》，藝文評論家｜肯·塔克（Ken Tucker）

布考斯基世界裡的傷痕與溝壑，是文明工業社會裡

無生命的器械所刻，是二十世紀的知識和經驗所鑿，

在這世界裡基本上冥思和分析仍只佔有很小一部分。

——《西北評論》，劇作家｜約翰·威廉·科林頓（John William Corrington）

一個荒涼的、被遺棄的世界。

——《局外人》，詩人｜R.R. 庫斯卡登（R. R. Cuscaden）

誠實的自畫像勝過對於自我毀滅的頌揚，它們揭露
了他處在自身所有的醜惡中，一個局外人的邊緣地
位。這是一個鈍器的集合，單刀直入的狂暴像你永
遠希望得到的那樣毫不妥協。

——《圖書榜單》，班傑明·賽格丁（Benjamin Segedin）

毫不費力、美妙易讀，特別是如果你很容易被量販
般的存在主義的魅力所打動。

——《圖書榜單》，雷·奧爾森（Ray Olson）

愛是來自地獄的狗

作者	查爾斯·布考斯基
翻譯	陳榮彬
主編	邱子秦
設計	盧翊軒
排版	張家榕
業務	陳碩甫
發行人	林聖修

出版	啟明出版事業股份有限公司
地址	台北市敦化南路二段 57 號 12 樓之 1
電話	02-2708-8351
傳真	03-516-7251
網站	www.chimingpublishing.com
服務信箱	service@chimingpublishing.com

法律顧問	北辰著作權事務所
印刷	漾格科技股份有限公司

總經銷	紅螞蟻圖書有限公司
地址	台北市內湖區舊宗路二段 121 巷 19 號
電話	02-2795-3656
傳真	02-2795-4100

初版	2020 年 6 月 3 日
二版一刷	2020 年 11 月 25 日
ISBN	978-986-97592-9-8
定價	新台幣 450 元

國家圖書館出版品預行編目（CIP）資料

愛是來自地獄的狗／查爾斯・布考斯基（Charles Bukowski）作；

陳榮彬譯 . — 初版 . — 臺北市：啟明，2020.06

616 面；9.5×12.8 公分

譯自：Love is a Dog from Hell

ISBN 978-986-97592-9-8（精裝）

874.51　　　　109000830